"La terre est livrée aux mains des criminels
et Dieu voile la face des juges."

Frédéric Roux
RING

DU FRIC OU ALORS **BOUM** !

Dominique Angel

DU FRIC OU ALORS **BOUM !**

Artothèque de Caen

Galerie Duchamp

Artiste, Dominique Angel enseigne la sculpture à la Villa Arson, à Nice. Il vit et travaille à Marseille.
Publié à l'occasion d'une exposition de l'artiste à la Galerie Duchamp à Yvetot, du 19 novembre au 15 décembre 2004, ce roman est coédité par la Galerie Duchamp et l'Artothèque de Caen.

CHAPITRE 1

PRÉAMBULE

Français d'origine africaine, Édouard Abushibi travaillait à l'usine Moulinex de Mondeville, près de Caen. Cette partie de la Basse-Normandie où était située l'entreprise était une sorte de musée à ciel ouvert de la seconde guerre mondiale, un champ de bataille aseptisé où la nature éventrée avait repris ses droits. À mesure que l'on se rapprochait de la côte, des cars de touristes sillonnaient les routes comme à la manœuvre. Les survivants et les descendants des différentes victimes du débarquement suivaient le déroulement d'une bataille sanglante. Ils se rendaient d'un vestige à l'autre pour se recueillir devant les reliques d'une guerre abominable. Cimetières, monuments, plaques commémoratives, chars d'assaut et bunkers étaient éparpillés dans la campagne et sur le bord de mer, à l'endroit où les combats les avaient abandonnés. Les touristes un peu étranges qui visitaient la région faisaient vivre par leurs achats la population qui ne dépendait pas de l'activité agricole ou industrielle. D'accueillants restaurateurs et marchands de souvenirs avaient écrit "*BIENVENUE À NOS LIBÉRATEURS*" sur leur vitrine comme si le débarquement venait d'avoir lieu. Ils s'adressaient, bien entendu, essentiellement à la clientèle américaine, anglaise, canadienne et australienne ; l'Histoire et le sous-titre en anglais de l'adresse de bienvenue le laissaient supposer. En vérité, ces commerçants patriotes n'excluaient personne de leur commerce. C'était simplement pour marquer le coup. Tout le monde était le bienvenu. À part les nostalgiques du nazisme qui emportaient leur nourriture et leurs souvenirs avec eux. Les Allemands qui venaient aussi pleurer leurs morts et maudire la guerre et les nazis, même s'ils semblaient un peu honteux soixante ans après l'armistice, ne rencontraient aucune hostilité de la part des commerçants qui montraient également le même professionnalisme envers les Italiens et les Japonais.

Édouard Abushibi était attaché à cette région profondément marquée par la guerre et le concept de libération, en raison de l'histoire de ses ancêtres en Afrique et de la manière dont ils devinrent français.

Au cours des deux derniers siècles, l'Afrique avait pris successivement la forme d'une presqu'île rattachée à l'Asie par l'isthme de Suez, puis d'une île une fois l'isthme coupé par le creusement d'un canal. Le territoire du continent africain concerné par cette histoire était une colonie Allemande de l'Afrique orientale officiellement appelée "*Deutsch-Ostafrika*" avant d'être administrée par les Anglais. Enfin, cette région proche du lac Turkana au Kenya devint progressivement un pays, une réserve de chasse, une nation dotée d'un État plus ou moins libre mais dont le passé glorieux attestait du courage et de l'indépendance d'esprit de ses habitants.

Édouard était originaire de cette contrée lointaine qui fut, voici deux millions d'années, le berceau du genre humain. Authentique descendant de ces premiers hommes proches parents d'Adam et Ève, aujourd'hui citoyen d'une société issue du siècle des lumières, il était cariste chez Moulinex, démocrate, et possédait un heureux caractère. Conduire les chariots élévateurs lui donnait une grande liberté de mouvement et d'esprit. L'atmosphère verdoyante de la Normandie, la prolifération des pommiers, l'onctuosité du beurre et du camembert fermier, prêtaient à son existence, en adoucissant les violences de l'histoire, les couleurs du paradis. Mais il n'était pas angélique au point d'en ignorer l'apparence trompeuse.

De plans sociaux en reconversions permanentes, certains ouvriers des usines Moulinex étaient passés par toutes les entreprises de la région avant qu'elles ne ferment les unes après les autres. La mobilité de l'emploi, les déplacements, les regroupements de populations, les licenciements, le chômage, les retraites forcées, donnaient à Édouard Abushibi l'impression de vivre dans un réservoir de main d'œuvre dont on ouvrait ou fermait le robinet suivant les besoins du marché. Le monde rural avait grossi les rangs de la classe ouvrière qui à son tour alimentaient ceux des chômeurs. Le marché de l'emploi n'était plus le marché aux esclaves du passé, mais les mouvements de populations liés à la misère, au trafic de main-d'œuvre, à l'embauche précaire, au démantèlement et à l'expatriation des entreprises, à leur délocalisation, évoquaient à Édouard l'idéologie d'un autre temps. Tout citoyen français qu'il fut, Édouard avait l'impression de vivre dans un univers fondé sur l'exploitation coloniale et le pillage des ressources naturelles et humaines, plutôt que dans le pays de la déclaration des droits de l'homme et du citoyen. C'était dans l'appréciation des différentes traditions culturelles qu'il ressentait le poids psychologique de ses origines. S'il distinguait, en tant que démocrate né en France de parents français, les formes variées d'exploitations démocratiques de la population, il en comprenait mal les finesses. Lorsqu'il formulait une critique, on lui faisait confusément comprendre qu'il ne devait pas se montrer arrogant. Seule une origine gauloise l'autoriserait à se réclamer de l'humanisme républicain, duquel il se trouvait naturellement exclu ; ce n'était pas son sang ni ses racines. La citoyenneté se trouvait pervertie par un hypothétique droit du sang. Cependant, même s'il admettait cette définition sanguinolente du citoyen, il semblait à Édouard que l'Afrique avait payé son droit du sang. Le nouveau partage du monde résultant de la guerre de 14/18, à laquelle son grand-père avait participé, avait donné lieu à une redistribution des terres africaines entre l'Europe et l'Angleterre. La seconde guerre mondiale en avait précisé les contours, la guerre froide et les guerres de libération nationale en redéfinirent les tutelles. Aujourd'hui, la gestion mercantile de la planète imposait un nouveau contrôle des territoires, de leurs ressources naturelles et de la main d'œuvre pour l'exploiter. Ainsi le droit du sang était un loyer en constante augmentation dont on s'acquittait quotidiennement.

Édouard se serait probablement mieux intégré dans une société républicaine soucieuse du respect des traditions s'il avait été royaliste. On trouvait dans toutes les civilisations des princes et des princesses qui s'étaient mariés entre eux bien qu'ils fussent de nationalités et d'origines différentes. Son arrière-grand-père appartenait à l'une des nombreuses lignées de souverains africains, lui-même était donc une sorte de prince consort. La noblesse n'étant pas à cheval sur les frontières, elle n'avait, comme la classe ouvrière, d'autre patrie qu'elle-même. Il aurait pu s'en prévaloir, s'allier à la noblesse française, chercher à faire un mariage digne de son rang, mais il était attaché aux valeurs républicaines, à cause, paradoxalement, de cet arrière-grand-père dont le royaume avait été brutalement envahi par les Allemands au début de la colonisation africaine. Dans son village natal, on venait de loin pour vénérer sa mémoire.

Son arrière-grand-père était devenu un héros national, un libérateur, après qu'il eut décimé une colonne allemande à la tête de ses guerriers armés de sagaies. La répression avait été sanglante. Il organisa la résistance, mais l'occupant finit par imposer sa loi. Traqué dans la forêt, il préféra mettre fin à ses jours, après avoir refusé de prendre un dernier repas préparé en guise d'adieu par ses partisans, plutôt que d'être pris par l'armée d'occupation. Au cours de cette guerre contre l'envahisseur, il s'était rendu compte, en dépit de la justesse de son combat, de l'inégalité des forces en présence due à la faiblesse du système tribal face à la puissance du capitalisme expansionniste. Confrontées à l'efficacité meurtrière des armes modernes, la ruse et la témérité d'un chasseur de lion et d'éléphant équipé d'une lance étaient insuffisantes, il fallait être déloyal et plus savant qu'il ne l'était. Il recommanda donc à son fils unique d'apprendre de l'ennemi les secrets de sa brutalité conquérante. En ce temps-là, les guerriers africains, persuadés que leurs pouvoirs magiques transformaient les balles en gouttes d'eau, se lançaient au-devant de l'artillerie allemande. Plus tard, à Verdun, le grand-père d'Édouard se souvint du récit de son père. Il y croyait dur comme fer. Alors qu'il montait à l'assaut d'une colline sous la mitraille et une pluie battante, aucun projectile ne l'atteignit. Mais il sortit trempé de la bataille.

Après la mort de son père, le grand-père d'Édouard essaya de suivre ses recommandations et décida d'aller en Europe. Il partit à pied vers le nord-ouest. Son voyage dura environ une année. Il trouva successivement refuge chez des missionnaires protestants et catholiques qui le baptisèrent. Puis, d'une mission à l'autre, où on le rebaptisa de différentes manières, il finit par gagner Alger où il fut arrêté par la police coloniale. C'était en 1914, au moment de la déclaration de la première guerre mondiale. La France avait besoin de soldats. Expédié à Marseille, on l'enrôla dans l'armée française. Cela tombait bien puisqu'il devait se battre contre les Allemands. Il voyait là un moyen de poursuivre la lutte de libération territoriale de son père et d'apprendre les rudiments de la modernité. Entre temps, les colonisateurs anglais, belges et portugais s'étaient ligués contre la colonie allemande de son pays. Lorsqu'il revint chez lui muni d'un peu d'argent et de nombreuses décorations après l'armistice, les Anglais avaient remplacé les Allemands. Alors, considérant qu'il devait encore beaucoup apprendre du monde civilisé, il se maria et retourna en France en emmenant sa femme avec lui. Ils eurent un fils et obtinrent la nationalité française sans difficulté en raison de sa vaillance dans les tranchées de Verdun. Il travailla en Normandie dans un haras de l'armée jusque dans les années cinquante. Son fils, employé à la S.N.C.F., épousa une postière antillaise dont les ancêtres, au 18 ème siècle, avaient été enlevés sur les côtes africaines et livrés aux Antilles Françaises comme esclaves, en même temps que du vin, par des commerçants Bordelais dont c'était le métier. Le mariage eut lieu juste avant la seconde guerre mondiale, au cours de laquelle le couple, qui avait adhéré au parti communiste dans la clandestinité, se distingua. De cette union naquit quatre enfants prénommés successivement, Lénine, Staline, Trotski, Édouard.

Trotski, ce fut au moment du fameux rapport Kroutchev sur les crimes de Staline. Le Parti engagea tout de même une procédure d'exclusion contre les parents d'Édouard pour déviation droitière. Cependant, en raison de leur rôle durant la résistance et de leur origine qui pouvait expliquer une certaine confusion dans leur interprétation de la lutte des classes en occident, on les tint simplement à l'écart après qu'un blâme fut prononcé à leur encontre. On leur expliqua tout de même que pour Staline, on en discuterait un autre jour à tête reposée, en attendant, ils devaient savoir que Trotski venait de trotskisme qui signifiait trustskisme : ceux qui étaient pour les trusts.

Le prénom d'Édouard échappa au poids de l'histoire peu avant que les troupes russes n'envahissent la Hongrie. Avec des prénoms aussi originaux, les parents s'étaient certainement rendu compte des difficultés rencontrées par leurs enfants à l'école. En donnant à Édouard un nom plus commun, ils prenaient conscience du dévoiement des mouvements révolutionnaires. Ils marquaient probablement ainsi leur réprobation en cessant d'exprimer leur enthousiasme pour un avenir meilleur sur le dos de leurs enfants. Voici pourquoi Édouard était citoyen français d'origine africaine et de culture républicaine basse normande. Après quelques études, il obtint un C.A.P. de chaudronnier et travailla dans toutes les grosses entreprises de la région qui fermèrent les unes après les autres pour s'installer dans les pays sous-développés où la main d'œuvre coûtait nettement moins cher. Il finit par être embauché chez Moulinex.

Trotski était parti quelque part en Ethiopie où il dirigeait une maison de la culture itinérante dans un camping-car. Staline végétait dans un hôpital psychiatrique, il avait perdu la tête. Édouard lui rendait parfois visite.

Chacun des frères Abushibi avait trouvé sa voie pour prolonger l'engagement de leur ancêtre, en accord avec la marche de l'Histoire, y compris Staline qui vivait clandestinement reclus dans un environnement écologique, au fond d'une sorte de forêt vierge mentale pour résister aux attaques de la C.I.A., des contre-révolutionnaires, des gauchistes et de Vladimir Poutine. L'aîné, Lénine Abushibi, était allé s'installer en Afrique, dans le village de l'arrière-grand-père. Selon Staline à qui il écrivait, il avait changé de nationalité et s'était présenté aux élections municipales. Les parents des quatre frères, après avoir porté leur part de fardeau, prirent un repos bien mérité, en achevant leurs jours dans une maison de retraite des agents de l'état. La mort les emporta à peu de temps d'intervalle. Ils eurent droit à des funérailles dignes de leur engagement.

Au point où l'histoire l'avait conduit, Édouard ne voyait plus trop comment poursuivre, au nom de l'humanité, ce combat familial au sein de la tradition républicaine. L'avenir lui semblait incertain, les erreurs du passé paralysaient les actions qu'il aurait pu engager, il n'osait rien faire, effrayé à l'idée d'échouer plus gravement encore que ses ancêtres.

À défaut de participer avec conviction à l'édification d'un environnement post-industriel à vocation touristique en Basse-Normandie, Édouard pouvait rendre hommage à ses géniteurs, en dépit des erreurs qu'ils avaient pu commettre, à ses grands parents et surtout à son arrière-grand-père qui, d'une certaine manière, en s'opposant à la colonisation allemande, s'était suicidé pour la France.

Son geste accompli, on lui trancha la tête. Cette pratique était courante à l'époque. La tête fut mise longtemps à bouillir dans un chaudron. Une fois la chair détachée, et le crâne séché au grand soleil, on l'expédia, avec de nombreux autres, dans des musées d'anthropologie pour être étudiée par des scientifiques en Allemagne. Ces chercheurs échangèrent des spécimens, en même temps que leurs observations relatives à de complexes mesures anthropométriques, avec celles des chercheurs français, belges, italiens, anglais, portugais, espagnols et même américains. Les occupants des colonies fournissaient leurs pays respectifs en matériaux pour des études comparatives.

Après de longs et patients recoupements à l'aide des diverses théories de l'époque sur l'évolution des espèces, Édouard supposa que le crâne de son arrière-grand-père se trouvait maintenant quelque part en France. Les études auxquelles il eut accès s'appuyaient principalement sur la partie de l'Afrique où vivait son arrière-grand-père. La France était plus sensible à l'hypothèse esthétique à laquelle semblaient aboutir les recherches dans ce domaine après la seconde guerre mondiale, juste avant le début des nouvelles guerres coloniales. Les différences morphologiques ne justifiaient plus la supériorité d'une race sur une autre. Les conflits pouvant donc se poursuivre sur des bases scientifiquement plus saines que celles évoquées naguère, les matériaux maintenant inutiles qui avaient permis de percer les mystères de la nature, dormaient en grande partie dans les réserves des musées. Certains étaient encore montrés comme des curiosités, on exposait quelques rares spécimens pour prouver, s'il en était encore besoin, qu'aucune différence notoire ne séparait un homo sapiens sapiens d'un autre. Bref, la science ayant accompli des progrès, il était surprenant que l'on n'ait pas songé à rendre ces innombrables crânes, maintenant sans intérêt scientifique, sinon à leur famille, du moins à l'État de leur contrée d'origine, ou de les rassembler plus décemment au sein d'un ossuaire.

Conscient des progrès que l'humanité avait accomplis à l'étude de ces crânes, particulièrement à celui de son aïeul dont le comportement belliqueux avait, certes, agacé colons et militaires, mais intrigué certains scientifiques de l'époque, Édouard tirait, sans vouloir se l'avouer, une grande fierté de cette participation familiale à la connaissance de l'homme moderne. Raison de plus, maintenant que la science avait tranché, pour vouloir retrouver le crâne de son arrière-grand-père. Il s'était mis dans la tête de le ramener dans son pays où il faisait figure de héros national, de libérateur, pour le placer dans la sépulture de son village natal et qu'un véritable hommage lui soit enfin rendu. Le maire, selon les dernières informations de Staline, était maintenant son frère Lénine. Grâce à son nom célèbre, Abushibi, il avait été élu avec 99,9% des suffrages.

CHAPITRE 2

LA VIE D'ARTISTE

Marcel faisait le ménage de son atelier à Marseille après avoir accompli un long périple en France et à l'étranger [1] . Il avait partiellement percé le mystère dissimulé derrière le système de l'art contemporain, l'artisanat artistique, les structures qui en faisaient la promotion et les difficultés qu'il rencontrait pour être représenté dans ces institutions. Ce voyage n'avait pas été vain, bien que sa curiosité lui ait valu quelques inimitiés. Il avait ramené Rose dans ses bagages, un début de notoriété et quelques projets d'exposition. Mais il était ruiné, ses économies et son maigre héritage avaient été complètement investis dans cette entreprise. Dans l'immédiat il ne pouvait espérer aucun apport substantiel lui permettant de mettre en œuvre l'expérience acquise. La plupart des artistes travaillaient gratuitement et d'une certaine manière, l'idéalisme de Marcel se satisfaisait de cette générosité qui permettait à des milliers de

1. "L'Élevage de poussière", édition Vidéochroniques et Wharf centre d'art contemporain de basse-normandie, 2003

fonctionnaires, de personnels en tout genre, qui allaient du conseiller artistique au gardien de musée, de l'emploi jeune au délégué aux arts plastiques, de gagner honorablement leur vie en accomplissant un travail gratifiant.

Marcel devait trouver l'argent nécessaire à la poursuite de son œuvre, pour sa propre satisfaction évidemment, mais également en raison de ses responsabilités ; dès lors que l'activité artistique était génératrice d'emplois, en refusant de baisser les bras, il protégeait du chômage cette population dévouée à sa cause.

Quatre solutions s'offraient à lui : obtenir une bourse ou une subvention quelconque, vendre des œuvres, se faire entretenir par Rose, qui semblait bénéficier de substantiels revenus sans que Marcel pût l'attribuer à une activité précise (il ne songeait pas à s'en inquiéter), ou avoir un second métier comme la plupart des artistes. En réalité, pour qu'un artiste puisse exister (en dehors d'un simple état d'âme ou d'une pratique amateur) ces quatre solutions devaient êtres intimement mêlées, l'une dépendait de l'autre ; il fallait commencer par obtenir l'une d'entre-elles pour bénéficier des autres.

Cependant, Marcel était fatigué de devoir toujours remercier la société pour avoir bénéficié d'une assistance financière ou matérielle. La promotion d'un artiste, les conditions de sa renommée, tenaient en partie à cette contribution et à la qualité d'autant plus indéniable de son œuvre que le jugement sans appel de ses bienfaiteurs, contractuels ou modestes et honnêtes fonctionnaires, avait l'assurance et l'attachement jaloux des princes de la Renaissance.

L'exercice qui allait de la sollicitation aux remerciements lui était insupportable. S'il ne s'en acquittait pas, la République, au nom de ses élus, du contribuable, du citoyen et donc de lui-même était offensée. Il le comprenait et la situation le mettait mal à l'aise.

Certes, l'achat d'une œuvre par l'institution était moins humiliant. Encore fallait-il savoir en négocier le prix. La relation avec le marchand, plus en accord avec l'idéologie générale de la société et donc plus morale, il n'en comprenait pas les arcanes secrets. Il se mit donc en quête d'un emploi. Ce n'était pas la première fois [1]. Le second métier est une seconde nature chez l'artiste. Certains l'intègrent totalement à leur art si bien qu'ils ont l'impression d'avoir une seule activité pour laquelle ils perçoivent un salaire. Marcel avait connu un artiste qui s'était engagé dans la Légion pour faire de l'art [2], un autre était agent des renseignements généraux [3]. Les plus chanceux enseignaient dans une école d'art [4], la plupart travaillaient au noir, occupaient des emplois comme tout le monde, étaient chômeurs de longue durée, intermittents du spectacle ou bénéficiaient d'une allocation quelconque.

Marcel décida cette fois de devenir ouvrier. Au moins, il ne serait pas tenu de remercier chaque mois son patron

1. "Je ne vous oublierai jamais", édition École Supérieure des Beaux-Arts de Marseille, 2001
2. "Le fils putatif du grand rabbin", à paraître
3. "Je ne vous oublierai jamais"
4. "Petites farces de la vie quotdienne", édition Actes Sud, 1998

pour le salaire qu'il recevrait. Du moins il ne serait pas contraint de signaler ce bienfait chaque fois qu'il utiliserait l'argent de sa paye. Pas même d'être plus souriant le jour où il la percevrait. Il n'y aurait pas de quoi.

La petite notoriété dont il bénéficiait lui permit d'être recommandé, par le directeur du centre d'art d'Euroville, auprès du directeur de l'usine Moulinex de Mondeville qui était amateur d'art contemporain. Le milieu artistique avait ceci de particulier : il n'était pas compartimenté comme les autres milieux. Les différences de classe n'y apparaissaient pas ; un chômeur de longue durée pouvait côtoyer et converser pacifiquement des aléas indispensables de la spéculation boursière sur la crise de l'emploi et la vente des œuvres d'art avec le directeur de Vivendi, un ministre, ou un grand banquier. On éprouvait alors un sentiment d'égalité entre les hommes, les sexes et les races. Surtout les hommes.

Marcel fut embauché pour travailler sur les chaînes de montage. Il s'installa à Euroville où le centre d'art mit à sa disposition le studio réservé aux résidences d'artistes. Son avenir artistique prenait une dimension sociologique intéressante, soulignée par un article d'Art Press consacré aux nouvelles tendances de l'art. On signalait que Marcel avait obtenu une "résidence" pour mener à bien son nouveau projet. Rose ne l'accompagnait pas mais viendrait parfois lui rendre visite.

Marcel remercia une dernière fois ses bienfaiteurs, puis il se mit à l'ouvrage. La condition ouvrière, vécue en tant qu'artiste, n'impliquait donc pas qu'il dût remercier son patron même s'il le croisait dans un vernissage. D'autant plus que son nouveau labeur participait d'une noble tâche, une tâche émancipatrice dont le but était de libérer les femmes (l'usine, fière de son slogan "*MOULINEX LIBÈRE LA FEMME*", employait 80% de femmes). Il faisait partie de cette minorité masculine privilégiée qui travaillait dans un univers essentiellement féminin. De l'émancipation des unes dépendait celle des autres, dans un contexte où *l'émancipation des travailleurs sera l'œuvre des* travailleuses elles-mêmes. Fort de son expérience d'artiste habitué à subir une certaine forme d'humiliation naturelle (qui constituait la troisième seconde nature de l'artiste), il invita ses camarades ouvrières à ne manifester aucune reconnaissance à leur libérateur.

Marcel n'était pas aveugle, il s'agissait pour lui d'un changement d'air, il voyait bien, à long terme, les perspectives néfastes de cette situation nouvelle. Certains aspects de l'art contemporain préfiguraient la misère idéologique future.

L'exploitation salariale fondée sur la libération individuelle produisait mystérieusement des chômeurs, des usines fermaient pour rouvrir dans des pays plus défavorisés où d'autres individus, d'autres femmes, devaient être libérés. Il devenait de plus en plus difficile de trouver un emploi libérateur. On voyait poindre la nécessité de remercier prématurément pour en obtenir un et de manifester régulièrement sa reconnaissance pour le conserver. Avec la crise de l'emploi, se disait-il, j'en viendrai bientôt à devoir remercier mon patron de m'en avoir donné un lorsque je le rencontrerai dans un vernissage, et mes camarades devront manifester leur enthousiasme à la direction, devant la pointeuse, via le contremaître, qui transmettra au conseil d'administration chargé de veiller aux intérêts des actionnaires.

La liberté de pensée ne saurait être comprise si sa manifestation n'est pas l'expression d'une reconnaissance constante des bienfaits qui nous sont dus. Lorsqu'il lui faudra mendier du travail, Marcel se disait qu'il redeviendrait artiste. Il ne niait pas l'importance qu'il y avait à exprimer sa reconnaissance envers la générosité de l'existence, les largesses de la nature et la bonté de certains individus, voire même l'attachement d'un animal ou la douceur d'une saison, mais cela ne pouvait en aucune manière être exigé. Ainsi, lorsqu'il devrait en arriver là pour obtenir du travail, autant redevenir artiste. Il y aurait alors relativement plus de dignité à manifester sa reconnaissance ; la fonction sociale de l'artiste semblerait alors plus enviable que celle du demandeur d'emploi. Il valait mieux remercier pour une chose que l'on n'obtiendrait pas forcément mais qui n'altérerait pas la place que l'on occupait dans la société ni la raison artistique de son engagement, plutôt que pour rien, pour une demande qui n'aboutirait pas, qui vous laisserait sans emploi, sans fonction. À tout prendre, se disait Marcel, il serait préférable de militer en ce sens. Si chacun, pour échapper à cette déchéance, acceptait de se déclarer artiste, alors nous construirions sans le savoir cette société idéale dont Marx prophétisait qu'elle serait celle où nous pourrions être artiste même si nous ne le voulions pas. Certes, nous le serions bénévolement. Peut-être retournerions-nous à l'âge de pierre si nous en restions là, comme l'affirmaient certains. Mais la vie de nos ancêtres était-elle si dépourvue de bonheur que cette perspective nous effrayât tant ?

Tandis qu'Édouard était cariste, Marcel travaillait sur une chaîne de montage. C'est à la cantine de l'entreprise qu'ils se rencontrèrent.

CHAPITRE 3

CHOU, HIBOU, ETC

Édouard et Marcel mangeaient en silence une sorte de grosse boulette de forme ovale entourée de feuilles de chou. Ils ne pouvaient échanger une parole ni lever le nez de leur assiette tant ce plat réclamait d'attention. Non pas qu'il fut délicieux au point de leur faire oublier le sens de la communication. Il s'agissait, selon le menu affiché à l'entrée de la cantine, d'un chou farci. Instable par sa forme, la farce était presque aussi compacte et élastique qu'une balle de caoutchouc. Le cuisinier était un ancien rugbyman dont le talent culinaire puisait, en l'occurrence, son inspiration dans l'âpre résistance d'une mêlée fermée. L'excellente tenue de son mélange était un secret qu'il refusait de révéler au service d'hygiène du comité d'entreprise, même pas sous la menace d'une mutation dans les cuisines de l'hôpital psychiatrique. Il était bien passé par les cuisines des cantines de la métallurgie, réputées pour leur nourriture virile, mais ses collègues n'y faisaient jamais allusion. Beaucoup d'entre elles avaient des époux, des frères, ou des pères qui travaillaient dans ces usines avant qu'elles ne ferment à leur tour. En vérité, pour parvenir à cette consistance, le cuisinier avait interprété à sa manière la recette du fameux Boulet Liégeois qu'on lui avait servi avant une rencontre mémorable en Belgique où il était parvenu à enfoncer les lignes adverses et à marquer un superbe essai. Il était persuadé que l'énergie surhumaine déployée à cette occasion provenait de ce boulet dont il voulait faire profiter plus particulièrement les ouvrières de chez Moulinex. Il avait ajouté entre autres choses à la recette, une dose non négligeable d'amidon. Son tour de main faisait le reste. Il pressait cette préparation dans un linge entre ses énormes mains. La cuisson consistait en une lente désydratation assez proche de la cuisson d'une brique.

Travailleuses et travailleurs devaient solidement planter leur fourchette dans la farce pour parvenir à l'entamer. Les hommes n'étaient guère plus avantagés. Parvenue à un certain point, la force physique n'était rien sans la technique. Une fois le premier morceau coupé, ils la faisaient rouler sur la partie plate pour la stabiliser et concentrer tous leurs efforts pour l'attaquer sans qu'elle glisse hors de leur assiette et soit déclarée hors-jeu.

Marcel songeait aux choux farcis moelleux, entourés de pommes de terre confites de sa grand-mère. Distrait par cette pensée savoureuse il faillit perdre son boulet qu'il rattrapa "*in extremis*" sur le bord de la table avec sa main. Toute la tablée leva la tête en faisant des commentaires admiratifs. Du coup, certaines personnes avaient lâché prématurément leur fourchette alors que le couteau exerçait encore une pression excessive sur l'aliment. Déséquilibrés, quelques choux farcis atterrirent sur le carrelage, accompagnés des rires et des exclamations de toute la cantine. Alerté par ces clameurs sportives, le cuisinier se précipita hors de son office, marcha sur un chou qui roula sous son pied et s'étala par terre. On se précipita pour le relever, mais l'une des secouristes glissa sur une feuille de choux, qui s'était détachée de la farce, en entraînant les autres dans sa chute. Ils atterrirent tous, hommes et femmes mêlés, sur le dos du cuisinier qui avait instinctivement saisi un chou farci dans sa chute et le tenait serré contre lui. Lorsqu'il sentit qu'on lui tombait brutalement dessus il crut le bon temps du rugby revenu. Les réflexes firent le reste. Les ouvriers enchevêtrés sur lui, comme après un placage au cours d'un match mixte, furent éjectés de part et d'autre lorsqu'il se releva en fonçant droit devant lui, l'épaule en avant, le bras replié pour protéger son chou farci en forme de petit ballon de rugby. L'action se termina très vite ; après quelques puissantes enjambées, il plongea à pleine vitesse vers le fond de la cantine, marqua un magnifique essai, se releva en titubant et on le congratula à coup de grandes tapes dans le dos en parvenant, non sans mal, à le persuader qu'une transformation de l'essai était superflue. Il n'était plus possible de combler ce handicap d'ici à la fin du repas, personne ne lui disputerait le résultat. D'autant plus qu'une interruption médicale s'imposait, son nez saignait abondamment. Il avait terminé sa glissade sur le ventre contre le mur. Heureusement, le chou qu'il brandissait fermement devant lui avait évité qu'il ne s'assomme. Un délégué du personnel l'accompagna à l'infirmerie tandis que le repas se poursuivait dans la bonne humeur. Un toast fut porté en l'honneur du cuisinier, la chanson du syndicat, dominée par les voix féminines, fut entonnée : "*Il est des nô ô treu/Sa cause est la nô ô treu...*" Puis les commentaires allèrent bon train.

– Le boulet qui dope, mon œil ! Il s'enfilait surtout des stéroïdes destinés aux chevaux !

– C'est plutôt pour le manger, son boulet, qu'il faut être dopé !

Une fois les rires passés, l'exploit du cuisinier et les conséquences d'une pratique excessive du sport sur la psychologie, en raison des drogues que les sportifs étaient contraints de prendre pour satisfaire le public, inquiéta ses camarades. Le cuisinier avait tout donné. Il ne lui restait plus rien à prendre. À force, ça finissait par lui taper sur le ciboulot. Si les bruits concernant une compression du personnel se confirmaient, on l'enverrait vraiment travailler dans les cuisines de l'hôpital psychiatrique.

Édouard mangeait maintenant une crème molle indéfinissable en guise de dessert. Il demanda à Marcel, avec une moue dégoûtée, pourquoi, à qualité égale, un aliment mou paraissait toujours plus mauvais qu'un dur. Après avoir cherché quelques exemples, ils supposèrent qu'une chose qui résistait, bénéficiait d'un préjugé favorable. Encore qu'une mauvaise purée pouvait paraître meilleure qu'une pomme de terre mal cuite. Il y avait de trop nombreuses exceptions. La théorie était plus difficile à faire qu'il n'y paraissait. Ils se demandèrent si un homme politique dur valait mieux qu'un mou et s'amusèrent à toutes sortes de comparaisons, en étendant le champ de leur investigation, sans pouvoir tirer une règle générale qui servirait de base à une théorie. Il était préférable de s'en tenir à des remarques de circonstance, car plus ils approfondissaient la question, plus l'hypothèse de départ se diluait dans les contradictions du goût, moins elle se vérifiait. Ce qui était valable pour une chose ne l'était pas pour une autre.

Le soir, il y avait une réunion syndicale à laquelle Édouard convia Marcel. Ils mettraient à l'ordre du jour cette manière d'aborder les questions à propos des menaces qui pesaient sur l'entreprise.

CHAPITRE 4

L'ACTUALITÉ

À force de répéter mécaniquement les mêmes gestes, Marcel finissait par s'identifier à une machine et aux objets qu'il manipulait. Pour lutter contre cet envahissement obsédant de l'esprit et les images de son activité qui persistaient dans son sommeil, il suivait les conseils prodigués par ses camarades plus expérimentées. Il devait parvenir, sans y penser, à maintenir la cadence, synchroniser ses mouvements, demeurer vigilant et en même temps, songer à quelque chose de suffisamment fort pour garder son esprit en éveil. Un peu comme dans cet exercice, qu'il fut convié à exécuter, qui consistait à se tourner une main à plat sur la tête dans un sens, tandis que l'autre tournait en sens inverse sur le ventre. La partie de l'apprentissage qui consistait à s'activer en pensant à autre chose était la plus délicate à réussir. Marcel s'entraîna dans la salle de l'association "Culture et Entreprise". On l'aida en lui guidant les mains et il fit de rapides progrès. L'une de ses collègues lui en tenait une et une deuxième la seconde. Pour lui montrer. Renée et Jacqueline, qui officiaient de part et d'autre de son poste de travail sur le convoyeur, étaient ses entraîneuses. Elles lui consacraient leur temps de pose et venaient en avance au changement d'équipes pour lui prodiguer leurs conseils, jusqu'au moment où elles purent lui lâcher la main sur le ventre, qu'il tourna fort maladroitement au début. Ensuite elles abandonnèrent celle de la tête, puis elles le laissèrent s'agiter seul pour s'occuper enfin de son esprit.

Contrôler ses pensées était une affaire délicate. Vérifier qu'il songeât à autre chose qu'à son ouvrage, dans le respect de la liberté de pensée et de la vie privée, réclamait doigté et persévérance. En lui demandant de penser librement à haute voix sous le sceau de la confidentialité, Renée et Jacqueline parvenaient à détourner son attention, mais du même coup, il ne contrôlait plus le mouvement de ses mains. Elles devaient à nouveau s'y cramponner pour les diriger dans le bons sens.

Jacqueline animait la commission culture du comité d'entreprise et organisait des expositions pour les ouvriers de la section arts plastiques, artistes à leurs heures, réunis au sein du M.A.C., le Moulinex Art Center, un centre d'art autogéré. Bien qu'ils fussent artistes du samedi après-midi et du dimanche matin, leurs travaux méritaient d'autant plus d'être montrés qu'ils rejoignaient de nombreux courants de l'art contemporain.

Tandis qu'elle lui tenait la main, Marcel expliqua à Jacqueline que la plupart des artistes avaient un second métier pour vivre ; par conséquent, beaucoup d'entre eux ne consacraient guère plus de temps à l'art qu'un artiste amateur. Jacqueline, à qui cette information ouvrait de nouvelles perspectives pour son commissariat d'expositions en entreprise, l'interrogeait de sorte qu'il parvint progressivement à faire parfaitement une chose en pensant intensément à une autre.

– Dans le monde artistique, tu serais une excellente commissaire d'exposition, lui dit Marcel sans vouloir la flatter.

– C'est quoi une commissaire d'exposition ?

– C'est une maladie de l'âme.

– On peut la soigner ?

– Sans doute.

– Comment ?

– Les artistes devraient faire preuve d'une plus grande fermeté à l'égard des commissaires.

– Ferme jusqu'à quel point ? Le terrorisme artistique aurait-il des vertus thérapeutiques ?

– Je n'irais pas jusque-là.

– Pourquoi ?

– Les violences gratuites sont une source de revenu conséquente, intervint Renée tout en surveillant l'autre main de Marcel. Elles font marcher le commerce et entretiennent les conditions objectives de l'exploitation capitaliste.

– Elles procurent donc du travail.

– Oui, mais au détriment des travailleurs.

Renée était déléguée syndicale.

Sur son poste de travail, Marcel accomplissait maintenant les gestes mécaniques à la perfection, tout en pensant à autre chose ; autant, bien entendu, que le montage des carcasses de four à micro-ondes le lui permettait.

Songer à l'état du monde lui évitait de se transformer en machine célibataire mélancolique. Sa pensée s'enflammait ou philosophait paisiblement, rythmée par les gestes répétitifs qu'il devait accomplir. Tout ce qui lui permettait de développer un point de vue sur l'actualité, d'avancer des arguments susceptibles d'être entendus, sinon de tous du moins de lui-même, pour préserver son esprit d'une activité aliénante était bon. Cependant, lorsqu'il parvenait trop vite au terme de son raisonnement et que la vérité apparaissait sans qu'aucun argument ne puisse être ajouté, le sommeil le gagnait ; la vérité était lénifiante. Alors, pour ne pas sombrer il traquait le moindre soupçon, la moindre hypocrisie, la plus petite contradiction, l'argument exaspérant qui retenait sa colère et conservait sa lucidité. Dès qu'il se sentait acculé, il essayait la mauvaise foi. Dire n'importe quoi était un bon moyen de retenir l'attention. Il suffisait de puiser dans l'actualité.

CHAPITRE 5

SUITE ZINZIN

Édouard emportait toujours avec lui un livre, une revue d'anthropologie ou un catalogue de musée. En dehors des grands musées d'anthropologie et d'histoire naturelle, de nombreux musées des beaux-arts accueillaient des donations hétéroclites composées immanquablement d'œufs d'autruche, d'oiseaux empaillés, d'un chapeau de Napoléon et de curiosités exotiques parmi lesquelles des crânes humains légués par d'anciens colons venus finir leurs jours dans leur province natale. Édouard prenait des notes dans un cahier. Il cherchait des dépôts faits par d'importants musées ou d'obscurs scientifiques relégués par l'Histoire, soucieux de se débarrasser de collections à l'origine douteuse, dans lesquelles aurait pu se trouver le crâne de son arrière-grand-père.

À l'heure du repas, Édouard raconta son histoire à Marcel et lui fit part des conclusions auxquelles il était parvenu et du projet qu'il poursuivait. Marcel lui expliqua à son tour qu'il avait une activité en dehors de l'usine, du moins qu'il travaillait pour la financer, même si pour l'instant elle se limitait à une résidence d'artiste et à fréquenter les vernissages de la région. Il lui fit part de sa théorie relative aux bienfaits de la société à l'égard des artistes, à son double métier, aux difficultés qu'il rencontrait pour être un artiste subventionné à plein temps et à son ambition d'intégrer son travail salarié à un projet artistique. Il lui dit aussi son inquiétude quant à l'avenir.

– En attendant de savoir ce que sera l'avenir, tu pourrais m'aider dans mes recherches en ce qui concerne les musées, proposa Édouard.

Marcel tournait machinalement la cuillère dans son café en essayant de deviner ce qu'il adviendra dans le futur, tandis qu'Édouard songeait à la manière dont il pourrait utiliser les compétences de son camarade de travail. Leur silence dura un long moment. La cuillère cliquetait parfois sur le bord de la tasse, Marcel la tournait interminablement. Cette habitude divisait les buveurs de café entre ceux qui le remuaient en deux coups de cuillère et les autres, songea-t-il. Dans ces moments-là, Marcel revoyait confusément son père, du moins sa main qui tenait une petite cuillère qu'il tournait sans arrêt dans sa tasse. Assise en face de lui, la voisine en faisait autant. Son père, en short, était accoudé à la table, les jambes croisées. Il avait de belles jambes. Il était beau. Il n'était pas particulièrement exhibitionniste ; c'était l'été.

Son père et la voisine parlaient sans arrêt en tournant leur café. Il était bien mélangé, mais ils continuaient à le tourner. La mère de Marcel leur demandait s'ils n'allaient pas finir de le tourner maintenant qu'il était froid. Elle était agacée par ce geste répétitif qui lui semblait être un prétexte à prolonger inutilement la conversation pour ne pas aller récolter les lentilles et repiquer les choux-fleurs. En ce temps-là, son père cultivait la terre.

– À force d'entendre dire ici et là ce que sera la vie de demain, je finis par me faire une opinion, dit soudain Marcel en sortant de sa rêverie.

– Tu te prends pour Madame Soleil ?

– Non, mais enfourcher sur mon nez des lunettes de visionnaire valorise mon intelligence, ma capacité d'analyse, ma connaissance de la situation actuelle, celle de la géopolitique, de l'évolution des sciences, des techniques, du cours de la bourse, des tenants et aboutissements d'un peu de tout et en particulier des desseins secrets du gouvernement américain que seuls connaissent les initiés. Je me laisse entraîner sur cette pente par pure vanité. Un peu d'instruction me rend vite immodeste. En ce qui concerne ce que j'ignore encore, je pourrais être parmi les meilleurs si je n'avais pas porté mon attention sur autre chose. Je constate simplement que cette qualité incontestable devient une science qui m'autorise à donner un avis sur tout dès lors qu'on me le demande. On peut me rétorquer qu'on ne me demande rien, soit, mais je ne vois pas les choses ainsi.

– Tu les vois comment alors ? interrogea Édouard, tandis que Marcel ralentissait le mouvement de la cuillère dans son café pour mieux entendre la question. Puis il reprit la vitesse normale et poursuivit ses explications.

Marcel n'entendait pas par "demande" une sollicitation venant d'un groupe, d'un individu particulier, d'un spécialiste de la question posée, d'un État dans l'embarras, d'une nation, d'un continent ou de la population entière de la terre qui lui demanderait, d'une seule voix, comment il prévoyait, par exemple, l'avenir de l'humanité. Il pourrait, bien entendu, prudemment déclarer que, n'ayant rien prévu en ce domaine, il laisserait chacun faire à sa guise. Mais il n'entendait pas "demande" dans cette acception commune, il entendait par là une sorte de commande sociale, une demande d'intérêt général qu'il se ferait à lui-même, une demande relative à l'attention particulière que porterait l'ensemble de l'humanité à chacun de ses membres, donc à lui, en particulier.

Marcel tournait toujours aussi obstinément son café en hochant parfois la tête pour appuyer son raisonnement.

– Je peux ainsi convaincre partiellement les autres de la justesse de mes idées afin de retenir leur attention, poursuivit-il, mais chacun a autant d'idées à mettre à ma disposition et c'est un dur combat pour imposer les miennes. Je dois avouer modestement que j'éprouve parfois des difficultés à les contester toutes. Je suis souvent contraint de reculer et de me retrancher à l'intérieur d'un petit territoire constitué de ce que je connais véritablement.

– C'est une position honnête.

– La vanité, chez moi, s'accommode très bien de l'honnêteté intellectuelle. Surtout dans les moments où mes propos deviennent de plus en plus obscurs à mesure que je révèle la profondeur de mes réflexions. Si le sentiment de solitude devient alors vite insupportable, il renforce mes convictions. Mon évolution repose principalement sur une définition de l'avenir. Je dois perpétuellement m'extraire de la situation à la fois pénible et confortable dans laquelle je suis. Cela réclame un effort considérable où l'hypocrisie des privilégiés le dispute à l'abnégation des déshérités. Je tiens la preuve de mes capacités dans la suite des événements, quels qu'ils soient. En politique, j'agis selon ces prévisions, même si je me trompe et de toute manière comment savoir ce qu'il en serait si je faisais autrement ? En faisant autrement ? Autrement fait, je ne connaîtrais pas mieux la situation que précédemment. La manière dont je m'y prends est fatalement la meilleure. Essaye de prouver le contraire !

Édouard, qui ne tenait pas à prouver quoique ce soit, se garda bien de faire un commentaire.

– Même en admettant que je me trompe, insista Marcel en se penchant vers Édouard pour l'obliger à lever la tête et voir dans ses yeux s'il suivait son raisonnement, cela produit nécessairement un résultat à partir duquel j'établis d'autres prévisions, si bien qu'à force, j'ai la preuve de leur accomplissement. L'interprétation poétique de l'existence est un peu à l'image de cet homme qui se gratte le nez juste avant un tremblement de terre et qui croit que son geste l'a provoqué. Alors il s'abstient de toucher à son appendice qui le démange. Mais il remarque un autre incident qui survient au moment où il regardait dans la direction opposée, croyant par là en être l'auteur, et ainsi de suite.

– Je ne vois toujours pas de quoi, selon toi, la vie de demain sera faite, l'interrompit Édouard.

Marcel suspendit le mouvement de sa cuillère pour marquer l'importance qu'il accordait à cette remarque.

– Je suis intarissable sur les préliminaires de mon raisonnement, sans pouvoir dire honnêtement encore, puisque tu m'interroges, ce que pourrait être la vie de demain. Même si on parvient à corriger les inégalités et les injustices, même si on tient compte de la concurrence et des réactions contradictoires qu'elle provoque, je reconnais qu'il est difficile de se faire une idée du tableau. Les spécialistes eux-mêmes font preuve de modération. Leurs prévisions s'inscrivent entre le minimum et le maximum d'une large fourchette. C'est dire la générosité de leur science divinatoire.

– Tu affirmes le contraire de ce que tu disais tout à l'heure, ton raisonnement, c'est du bricolage.

– Justement, d'abord je suis un artiste et le bricolage, s'il assure l'avenir de notre présence future, produit des situations imprévisibles et même, à supposer que l'on puisse inventer n'importe quoi (n'importe quoi d'inimaginable pour être plus précis) le concept est trop vaste pour que l'on puisse savoir quoi à l'avance. Pouvoir tout imaginer revient à ne rien imaginer du tout. Ou bien, tout imaginer revient à imaginer le pire, ce qui ne vaut guère mieux car, entre se tromper et ne rien savoir il n'y a pas grande différence.

– Comment expliques-tu le progrès alors ?

– Prenons par exemple l'évolution du fil à couper le beurre : à force d'expériences malheureuses, je suis parvenu à le mettre définitivement au point après avoir fait de multiples découvertes.

– Ce n'est tout de même pas toi qui a inventé le fil à couper le beurre.

– Non, bien entendu, c'est un exemple, une métaphore si tu préfères … Je pourrais aussi bien dire : nous…

– Ah !

– J'ai dû élaborer des théories quelquefois inexactes, mais qui, au passage, m'ont éclairé sur des choses que je ne cherchais pas, inventer et fabriquer les outils indispensables et conduire mille projets fort éloignés de mon fil à couper le beurre. Sans compter que j'ai dû, dès l'origine, domestiquer les vaches, savoir les traire et fabriquer le beurre, les instruments adéquats et j'en passe.

– Les vaches, ici, on s'y connaît, si tu veux, je peux t'en montrer …

– Actuellement, poursuivit Marcel en ignorant l'interruption, je suis emballé par le fil à couper le beurre musical en fibre optique doté d'une intelligence artificielle. Dès que ma réserve de beurre diminue, il passe automatiquement la commande d'une nouvelle plaquette au supermarché dont les stocks alimentés en flux tendu communiquent directement avec mon frigidaire.

Marcel tourna une dernière fois son café, puis il le but à petites gorgées, comme s'il était encore bouillant.

On était vendredi. Marcel, qui voulait connaître la région, accepta la proposition d'Édouard de lui montrer des vaches. Ils projetèrent d'aller à Camembert visiter le musée du camembert durant le week-end. Il n'y aurait pas de crâne à découvrir, mais Édouard verrait ce que valait Marcel en matière de musée.

CHAPITRE 6

CAMEMBERT

"*Camembert est le Colombey-les-deux–Églises du fromage*", se disait Édouard en se recueillant devant l'obélisque miniature érigée à la mémoire de Madame Harel, née Marie Fontaine, l'héroïne Normande qui inventa le camembert aux alentours de la Révolution Française de 1789. Sur le moment, l'événement passa inaperçu, personne ne savait qu'il s'agissait d'un camembert, son inventrice elle-même l'ignorait. Du reste elle ne le sut jamais puisqu'il faudra attendre cinquante-cinq ans après sa mort en 1812 pour que cette appellation apparaisse et se répande de bouche en bouche. Le véritable camembert au lait cru de Camembert était né. Avant c'était l'un de ces innombrables fromages de lait de vache à pâte molle affinée et à croûte fleurie produits sans discernement par les fermières normandes.

En 1867, l'année où l'on donna le nom d'un minuscule village à un fromage, l'arrière-grand-père d'Édouard Abushibi venait au monde. La coïncidence apparaissait à Édouard d'autant plus flagrante, que la relation inconsciente qu'il venait d'établir à la vue du monument, entre son arrière-grand-père et le général de Gaulle s'appuyait, par-delà le fait qu'ils avaient combattu l'occupation allemande à différents moments de l'Histoire, sur cette décision prise par son aïeul de refuser un dernier repas avant de se donner la mort. Ce monument à la gloire d'un fromage évoquait la guerre par son architecture et la nourriture par sa destination. Dans l'esprit d'Édouard, la décision solennelle de son arrière-grand-père de rester le ventre vide jusqu'au dernier moment de son existence prenait l'allure d'une posture gaullienne. Cependant, cette interprétation des choses le mettait mal à l'aise. Il s'interrogeait sur les motifs qui avaient poussé son trisaïeul à refuser le repas préparé par ses partisans. Le geste fatal qu'il devait accomplir lui avait sans doute coupé l'appétit. Pour d'obscures raisons, Édouard ne pouvait se satisfaire d'une explication aussi simple.

Le village, construit à flanc de colline, était constitué d'un musée du camembert, d'un office du tourisme, d'une église, d'un minuscule cimetière, de quelques fermes dispersées sur la commune et du monument, en bas, au croisement de la route. Deux panneaux, distants d'une centaine de mètres, indiquaient l'entrée et la sortie de ce qui ressemblait plutôt à un hameau. On pouvait se restaurer à l'office du tourisme qui servait du fromage, du pain et du vin aux visiteurs de passage.

Édouard et Marcel s'attardèrent devant la collection d'étiquettes de boîtes des différentes marques de véritable camembert. Celle des *Trois Moines* qui avait fait naître chez Marcel, au cours de son adolescence, le goût du fromage, ne faisait pas partie de cette exposition. Il était d'autant plus déçu, que cette étiquette, qui avait servi de modèle à Valentin[1] pour réaliser une mosaïque géante avec de la vaisselle brisée sur un mur de l'usine à céramique désaffectée que sa famille occupait en compagnie d'autres utopistes de l'époque, était restée pour lui une incontestable référence artistique.

En sortant du musée, ils s'installèrent à une table de l'office de tourisme et commandèrent une belle part de *Le Petit* et de *Président*, avec du pain de campagne et une bouteille de vin rouge. En tant que bas normand Édouard avait, pour des raisons territoriales, une mauvaise opinion du *Président* auquel il accordait une origine plus bretonne que normande.

– C'est le hamburger des camemberts, ce fromage est bon pour Mac Donald ! Tu ne sens pas la différence ?

Ils goûtèrent alternativement des morceaux de l'un et l'autre fromage pour les comparer. Ils se firent servir de nouvelles portions en choisissant une qualité d'affinage différente et un litre de vin supplémentaire. On était dimanche. À la fin, ils ne distinguèrent plus les singularités de ces deux camemberts. Le plaisir de les déguster dans le saint des saints, entourés de grasses prairies sur lesquelles des vaches remplissaient leurs énormes mamelles

1. "La beauté moderne", édition Vidéochroniques et Musée d'Art contemporain de Nice, 1994

de lait pour camembert AOC en ruminant paisiblement, rendaient toutes choses de cet ordre authentiquement sublimes. Les vaches semblaient bien d'ici, l'assurance naturelle avec laquelle elles fabriquaient leur lait en témoignait. Dans une telle atmosphère, tout était gustativement rassurant. Cette impression n'était pas d'ordre psychologique, elle relevait d'une conception matérialiste de l'existence ; la chimie du vin opérait, elle n'était pas une vue de l'esprit. L'esprit participait de la fusion des fondements matériels de la psychologie individuelle et de ses conséquences.

Ils buvaient de longues gorgées de vin, avec une satisfaction évidente, après quelques bouchées de pain généreusement tartiné de beurre chargé de fromage. L'ensemble formait un goût unique.

– Un goût complexe et entier qui n'est rien d'autre que celui du camembert, déclara Édouard, et je n'enfonce pas une porte ouverte, ajouta-t-il, les aliments et les boissons ont rarement le goût qu'ils devraient avoir, regarde le Beaujolais par exemple, chaque année les spécialistes nous assurent qu'il a le goût de banane.

Puis il dit à Marcel pourquoi, lorsqu'il se nourrissait agréablement comme aujourd'hui, il ne pouvait pas s'empêcher de songer à son arrière-grand-père : il aurait aimé qu'il prît un dernier repas, la chose lui apparaissait clairement à mesure qu'il l'expliquait. De ne pas l'avoir fait n'ôtait rien à son acte héroïque ; il aurait simplement été plus grand s'il avait mangé comme si de rien n'était. Cela dit, à sa place, il n'aurait guère eu d'appétit, il ne pouvait donc pas lui en vouloir. C'est bien ce qui le gênait. Il aurait été d'autant plus fier si son ancêtre avait montré un peu d'appétit, sachant que lui-même n'aurait rien pu avaler.

Leur repas terminé, Édouard et Marcel accomplirent quelques pas dans le cimetière. Ils cherchèrent, en vain, des tombes qui auraient une relation avec le fromage ; ce type de relations que l'on trouvait dans d'autres régions, dont les spécialités artisanales ou industrielles provoquaient prématurément certains décès. Les cimetières des régions minières étaient peuplés de tombes de mineurs morts de silicose ou à la suite de toutes sortes d'accidents du travail. Si le camembert avait fait des victimes, on n'en voyait pas la trace.

– Sans doute à cause des pommes que les Normands consomment en grande quantité, expliqua Édouard, la pomme dissout le cholestérol, le Normand mange au moins une pomme par jour, si ce n'est un morceau de tarte aux pommes, de la compote de pommes, il boit du cidre, du jus de pomme et du calva. Surtout du calva après le camembert qu'il peut, dans ces conditions, accompagner de tout le beurre qu'il veut.

À en croire Édouard, le calva combattait aisément le cholestérol. Les effets de l'alcool, dont s'inquiétait Marcel, étaient neutralisés par la pomme elle-même.

– La preuve, affirma-t-il, tu ne trouveras nulle part, dans un cimetière de la région situé à proximité d'une fromagerie ou d'une distillerie, une tombe de travailleur normand mort du cholestérol ou d'une cirrhose. On ne meurt pas de la pomme et du fromage, du grisou et de la silicose oui, dit-il avec colère pour masquer sa mauvaise foi concernant la cirrhose.

Ils marchèrent vers le haut de Camembert qu'ils atteignirent après quelques pas puis ils redescendirent en direction du monument non loin de là où ils avaient garé leur voiture. Derrière le monument, s'étendait une prairie fermée par un petit-bois. Ils allèrent s'allonger dans l'herbe, à l'ombre d'un arbre près d'une mare et ils s'endormirent aussitôt en rêvant malheureusement aux gestes quotidiens qu'ils accomplissaient à l'usine. Les bruits qui couraient concernant un dépôt de bilan de l'entreprise perturbaient leur travail. Ils se réveillèrent la bouche pâteuse en se disant qu'ils avaient abusé du fromage à pâte molle. Pour la visite du musée, Marcel s'était montré à la hauteur. Il pourrait apporter à Edouard une aide précieuse dans ses recherches.

Au retour, ils firent un crochet par l'hôpital psychiatrique de Caen. C'était l'heure des visites. Il y avait longtemps qu'Édouard n'avait pas vu son frère ; il voulait présenter Staline à Marcel.

Staline était dans sa chambre, il craignait les agents de la C.I.A. et se méfiait des gauchistes qu'il envisageait de faire assassiner par les infirmiers. Il demanda à voir les papiers d'identité de ses deux visiteurs. Mais cela ne prouvait rien et il exigea la présence d'un infirmier pour leur accorder un entretien de quelques minutes, ensuite il changerait de place pour ne pas être repéré. Pendant qu'il se déplaçait pour aller se mettre dans un autre coin de la pièce, Édouard et Marcel devaient sortir afin de ne pas voir le chemin qu'il empruntait. À leur retour, ils montraient encore leurs papiers et se laissaient fouiller par l'infirmier. Staline avait toujours été jaloux de son frère, il le soupçonnait d'enregistrer leurs conversations à son insu et de profiter de ses états d'exaltation pour lui voler ses idées. Il désirait changer le monde. C'était une bonne idée, mais il dissimulait le moyen d'y parvenir, de peur d'être mis à l'écart des bénéfices de sa mise en œuvre. Édouard avait renoncé à le convaincre de passer à l'action s'il voulait parvenir à ses fins. Une bonne idée mal exécutée était plus dangereuse qu'une mauvaise que l'on s'efforçait de rectifier. Il valait mieux qu'elle reste un secret d'État. Staline construisait une société idéale à l'intérieur de lui-même. Cet univers intérieur au centre d'un environnement hostile était d'autant plus menacé par la corruption qu'il était le seul à devoir se persuader et il s'écoutait volontiers. Il obligeait les infirmiers à goûter ses repas et exigeait la présence d'un avocat international pour se rendre à la consultation du psychiatre.

CHAPITRE 7

ZINZIN

Le lendemain, Marcel peinait sur la chaîne de montage pour ne pas s'assoupir. Le sujet de réflexion qu'il s'était donné ne le passionnait guère et il n'avait pas la tête à en trouver un autre. Son travail réclamait un minimum de vigilance. L'expérience lui permettait maintenant d'accélérer, de ralentir et de rectifier instinctivement, l'esprit ailleurs, les retards et les petits incidents qui survenaient sur le convoyeur. Mais depuis qu'il s'évertuait à développer ses idées dans la plus grande liberté d'esprit possible, il se demandait ce qu'il pourrait bien en faire. À quoi pouvait bien lui servir de savoir ce qu'il supposait être la vérité du moment ? De savoir que cette vérité n'était jamais sans défaut ? Subvenir à ses besoins était-il l'unique moteur de l'activité intellectuelle ? Un mouvement répétitif ne produisait-il pas du plaisir ? La monotonie ne représentait-elle pas le fondement du bonheur ? Pourquoi fallait-il alors que son esprit se détachât des gestes répétitifs qu'il accomplissait en fixant la carcasse du four à micro-ondes sur sa base pour en jouir ?

Lorsqu'il faiblissait, Renée et Jacqueline venaient à la rescousse. Renée, en raison de son engagement syndical, l'incitait à introduire plus de fermeté dans ses pensées. Dès qu'il semblait confondre la droite et la gauche, elle lui disait qu'il devait en baver pour se révolter même si la recherche du confort était légitime. Elle l'initiait à la dialectique en lui prouvant, dans la pratique, que l'accumulation de rancœur produisait une transformation qualitative de ce sentiment. Si la répétition de gestes aliénants favorisait un certain engourdissement de l'esprit, on y trouvait le ferment de la conscience révolutionnaire. Un militant ouvrier accomplissait consciencieusement son travail afin d'être écouté de ses camarades et respecté par son patron. Cette vérité éclairait la lutte des classes.

– En art, j'énonce les mêmes vérités depuis des années, répondit Marcel. Je les énonce de mieux en mieux. Elles ont mûri, l'expérience en a corrigé les naïvetés, leur exposé ne comporte plus aucune hésitation, je peux les enrichir de quelques exemples nouveaux et je sais en faire part fort à propos. En un mot, j'ai acquis de l'expérience au point d'être capable de me remettre en question. Je ne peux nier être dans le vrai en l'affirmant. L'esprit critique est indispensable à la vérité. Désapprouver mon engagement sans me contredire et mettre en doute de manière stupide mon existence en établissant du même coup que j'ai tort d'avoir raison permet en somme de restaurer la vérité obscurcie par des idées fumeuses.

– Une mise en forme malencontreuse d'une bonne idée

produit une chose très imparfaite, répondit Renée sans ralentir la cadence à sa droite. Je suppose alors qu'il suffit de la rectifier sans toucher à l'idée qui la compose, mais on se rend très vite compte, dans la pratique, que l'on ne peut corriger ses défauts sans en modifier le fond. S'acharner reviendrait à enfermer la vérité dans une mauvaise idée, malgré l'impossibilité que tu viens d'évoquer, selon laquelle nier être dans le vrai en affirmant le contraire reviendrait à prétendre que l'on n'existe pas. Déclarer par exemple : "*JE PENSE DONC JE NE SUIS PAS*", signifierait que si j'existais j'agirais sans penser. Quand bien même je le supposerais, il n'en serait pas moins vrai que les mauvaises idées participent des bonnes. En politique, la théorie contredit souvent la pratique.

Marcel n'avait rien à répondre. Pour le tirer d'embarras Jacqueline lui proposa de faire une exposition au M.A.C. du comité d'entreprise. En poursuivant ainsi la conversation, il parvint jusqu'à la fin de sa journée de travail sans avoir l'impression de s'ennuyer. Le soir, il regagna la résidence du centre d'art comme s'il sortait de son atelier.

Il s'ennuyait de Rose et lui téléphona, mais elle n'était pas là. Il parla longtemps au répondeur qui demeura muet. Les télécommunications étaient au cœur des contradictions de l'existence.

CHAPITRE 8

VICTOIRE !

Au cours de la nuit, Marcel fit un rêve : *Les agents municipaux avaient remporté la bataille du nettoyage des villes. Le ministre de l'intérieur avait pris place dans le dernier camion poubelles qui regagnait l'aire de stationnement. Il était grisé par cette victoire de la propreté, de ce qu'il considérait être une victoire du bien sur le mal, une victoire qui prouvait la justesse de sa cause. Puisqu'il s'en était remis au jugement de Dieu, le mal ne pouvait pas l'emporter.*

Le souffle puissant des freins et des vérins de la benne décuplait le sentiment de plénitude qu'il éprouvait à rétablir ainsi l'ordre et la justice. La ville était relativement propre avant cette intervention, elle ne nécessitait pas un tel déploiement de moyens. Mais c'était une campagne de prévention. Selon des informations fournies par les renseignements généraux, des actes d'incivisme tendraient à se développer, du moins certains auraient l'intention d'en commettre. Selon ces mêmes informations, des individus non identifiés liés à Ben Laden stockeraient des détritus en vue de les répandre par surprise sur la chaussée. Les inspecteurs de l'hygiène envoyés dans les quartiers à risque n'avaient rien constaté de plus que d'habitude, mais le ministre avait déclaré, qu'en effet, " ceux qui avaient l'intention de nuire ne l'ont pas fait, mais vous verrez, à force ils le feront et j'aurai raison. Les États unis, la Russie, la Chine, l'Angleterre, l'Espagne, l'Italie, le Japon, Israël, la France possèdent également des stocks massifs de détritus qu'ils conservent dans des abris tenus secrets. Nous devons exiger ", avait-il ajouté, *" que ces pays reçoivent une mission d'inspection de l'O.N.U. pour venir vérifier où ils les dissimulent et procéder à leur destruction. Je chercherai la preuve de leur fourberie, si je ne la trouve pas j'aurai démontré qu'ils me cachent bien quelque chose. S'ils ne s'exécutent pas, je ne boirai plus de Coca-Cola, de Vodka, de Vin Jaune, de Scotch, de Malaga, d'Asti Spumante, de Saké, de Gazoss Orange ni de Beaujolais nouveau. Alors je détruirai leurs villes, mais je serai généreux, j'aiderai à leur reconstruction. Les bénéficiaires de cette affaire seront les membres de ma coalition. Les casseurs seront enfin les encaisseurs et la justice régnera sans partage sur la terre. Poursuivre notre mission humanitaire en intervenant toujours à perte dans les quartiers défavorisés nous conduirait à la ruine. "*

Le ministre coupa les gaz dans un dernier grondement de moteur et sauta de la cabine, acclamé par tous les éboueurs debout au pied de leur machine. Il s'approcha des journalistes qui lui tendirent leur micro et il les infor-

ma qu'il avait, durant quelques minutes, tenu lui-même le volant du camion. Les chauffeurs qui s'étaient regroupés derrière lui applaudirent. Il reçut quelques solides claques dans le dos. Il toussa. Les ovations reprirent de plus belle. Cette fois-ci il s'était déguisé en éboueur et il s'adressa à tout le pays pour annoncer cette victoire éclatante. Il était le grand nettoyeur, le nettoyeur en chef, avec tous ses hommes derrière lui, et ses femmes aussi ; tous se levèrent comme un seul homme.

CHAPITRE 9

HELP !

Il fallait marcher des kilomètres pour boire un café. Le centre commercial était le seul espace convivial de la ville. On ne pouvait faire autrement que d'y venir, pour faire ses achats, ou passer le temps, se distraire et rester au sec durant les hivers humides. On y conduisait les enfants le mercredi et le samedi. Le dimanche, le centre était fermé, le parking géant désert, comme tout le reste de la ville. Alors, les désœuvrés allaient se réfugier sous les abribus. Les plus fortunés se rendaient dans le hall de la gare de Caen pour y passer la journée.

Le fondement économique des villes nouvelles déterminait un urbanisme misérable. On implantait de grosses usines qui finissaient un jour ou l'autre par fermer, en même temps que l'on bâtissait vite et mal des cités ouvrières, et des centres commerciaux pour les approvisionner.

Comme tous les matins, Marcel vint à l'ouverture du centre commercial prendre son petit-déjeuner. Des vigiles stationnaient aux carrefours des corridors et les haut-parleurs dissimulés dans les plafonds diffusaient l'horoscope du jour avec une voix sirupeuse. Le sien, aussi favorable que les jours précédents, était couvert par le bruit d'une machine d'entretien. Furieux, il tendit l'oreille en vain.

Le seul trajet que Marcel empruntait régulièrement, hormis celui de l'usine, était le chemin qu'il prenait pour aller de sa résidence du centre d'art, au centre commercial. Il le parcourait chaque fois en contenant sa colère envers les maires, les urbanistes, les commerçants et les entrepreneurs qui se liguaient pour transformer les villes en dortoir et guider, comme dans une nasse, la population loin de chez elle, dans des lieux où toute la vie sociale était centrée sur la consommation. Les utopies égalitaires avortées et l'esthétique des shows télévisés servaient d'alibi culturel à cette alliance criminelle.

Cette cité artificielle miniature, couverte et chauffée, était rassemblée autour d'une grande surface. De larges corridors signalés comme des rues bordées de boutiques, de bars et d'officines qui offraient des services en tout genre, se rejoignaient sur des places décorées de plantes en plastique. Après l'horoscope, les haut-parleurs diffusaient les derniers tubes et des slogans publicitaires.

Marcel s'installa à une terrasse factice pour boire un café et lire le journal. Une grande photo couleur montrant un prisonnier afghan retenu par les Américains à Guantanamo, sur l'île de Cuba, s'étalait en première page.

Marcel s'imaginait agenouillé, les mains liées aux pieds derrière le dos, la tête recouverte d'une cagoule, un bâillon sur la bouche, de la pâte à modeler dans les oreilles, les yeux bandés et le nez serré dans une pince. C'était comme s'il découvrait sa photographie prise par un agent du Pentagone. Il s'agissait d'une photographie en couleur où il se voyait vêtu d'une belle combinaison orange. On le distinguait, sans doute possible, des militaires en treillis qui l'entouraient, le doigt sur la détente de leurs armes automatiques. On apercevait également des cages en grillage et des fils de fer barbelé dans le fond.

Il observait cette histoire d'image sans parole, faite pour s'identifier à un seul prisonnier plutôt qu'à tous, afin de ressentir plus intensément la punition subie et en comprendre la portée. Le Pentagone aurait pu montrer un groupe de prisonniers, mais s'il avait contraint Marcel à s'identifier à un nombre important de personnes, sa conscience, diluée dans une masse abstraite de prisonniers, aurait perdu la dimension exemplaire du châtiment. L'efficacité de cet aperçu minutieusement sélectionné, consistait à indiquer, sans aucune ambiguïté, l'ampleur du danger représenté par une forme particulière de terrorisme. Cette image le plaçait devant ses responsabilités, elle indiquait ce qui lui arriverait s'il se plaignait inconsidérément de son sort. Il pouvait, bien entendu, critiquer certains aspects de la vie en société sans nuire à l'intérêt général, dès lors qu'il n'en faisait pas état publiquement. Mais dans la conjoncture actuelle on marchait sur des savonnettes ; d'une simple remarque au terrorisme, il n'y avait qu'une glissade. À l'usine, les menaces de dépôt de bilan ou de rachat par une firme américaine persistaient, on commençait à évoquer la grève ; deviendrons-nous des terroristes ? se demandait Marcel.

Il était légitime d'imposer la loi du plus fort, sans cela il n'y aurait aucun sens à défendre ses idées les armes à la main. D'un autre côté, il ne prétendait pas que la divulgation de cette image soit faite pour nuire intentionnellement, au lieu d'éduquer comme il le croyait volontiers. Mais les photographes, qui étaient d'une certaine manière des artistes, se trouvaient souvent débordés par leur inconscient, ils étaient aussi dupes de leurs images que leurs destinataires. C'était pourquoi les représentants de la convention de Genève avaient fait preuve de sagesse en condamnant la presse pour cette publication car il était interdit de montrer et de photographier un ennemi prisonnier, et donc protégé par cette convention, dans une situation humiliante, ou qui puisse le laisser supposer. Une telle chose devait rester sous le sceau de la confidentialité pour ne pas ajouter à l'humiliation du perdant l'image dégradante de sa soumission dès lors qu'à terme la rédemption devait être l'ambition d'une punition chrétienne. C'était pourquoi il valait mieux ne rien savoir.

Soudain, des hurlements obligèrent Marcel à lever la tête de son journal. Les cris, qui ne s'arrêtaient pas et gagnaient en puissance, venaient d'un des corridors qui formaient les rues de cet ersatz d'agglomération. Les clameurs se rapprochaient et un groupe de supporters de l'équipe de football de Tunisie, qui venait de remporter une victoire sur le Maroc par 2 à 1, déboucha à l'endroit où il se trouvait.

Enveloppés dans des drapeaux, criant et gesticulant, ils tournaient sans fin dans les corridors pour manifester leur joie, comme l'auraient fait les supporters de l'O.M. dans les rues de Marseille.

À la fermeture du centre, ils regagnèrent silencieusement leur domicile par les rues désertes. Le gyrophare d'une voiture de police qui les suivait au pas éclairait leur chemin.

CHAPITRE 10

CONTEXTE

Juillet : lors du défilé du 14 juillet 2002, un militant d'extrême droite tira sur le Président de la République, Jacques Chirac, avec une carabine 22 long rifle dissimulée dans une boîte à violon. Des spectateurs audacieux le maîtrisèrent. Après un bref interrogatoire, le tireur fut interné d'office dans un établissement psychiatrique. La référence gaullienne à l'attentat du Petit Clamart évoqué à propos de cet incident transformait le tireur fou en galopin. Nous entrions ainsi dans l'ère des postures héroïques médiatisées, inaugurée par la gifle préventive flanquée par Bayrou à un enfant maghrébin qui l'approchait de trop près (semble-t-il pour tenter de lui faire les poches, lors d'une visite électorale d'un quartier défavorisé).

À la "*garden-party*" de l'Élysée dédiée aux héros du quotidien de la France d'en bas, bon nombre d'élus socialistes, communistes et d'anciens ministres du gouvernement de gauche se pressaient parmi les 6000 invités. Après avoir tous été fouillés, ils saluèrent Bernadette Chirac qui les accueillait à l'entrée du parc comme une maîtresse de maison à l'entrée de son domicile.

Les émeutes s'étendaient en Algérie tandis que de mystérieux assassins égorgeaient des groupes de civils.

L'instruction du procès de Zacarias Moussaoui se poursuivait. Les prisonniers de Guantanamo, qui n'étaient pas des prisonniers de guerre, possédaient néanmoins des tapis afghans pour faire leur prière et portaient de confortables combinaisons orange vif.

On apprenait que Vivendi magouillait, on ne savait pas trop quoi, en Pologne.

Selon des sources bien informées, Ben Laden aurait neuf sosies. L'un d'eux avait été aperçu en Irak par un agent de la C.I.A. qui était lui-même un sosie de Sadam Hussein. Sous prétexte de se faire soigner, le sosie de Ben Laden aurait rencontré Sadam Hussein qui n'était autre que son sosie, l'agent de la C.I.A., pour lui remettre une fiole de culture de l'Hépatite C, destinée à fabriquer une arme biologique. Cette culture venait d'un prélèvement fait sur Ben Laden, ou l'un de ses sosies, atteint par cette maladie. Il lui aurait également proposé de lui fournir des kamikazes, volontairement contaminés par des virus mortels extrêmement contagieux, qui pourraient se rendre dans différents pays et propager des épidémies mortelles sans attirer l'attention.

Pour lutter contre la pauvreté au Pérou 215 227 femmes et 16 547 hommes avaient été stérilisés de force. On pourrait en effet supprimer la pauvreté si les pauvres arrêtaient de se reproduire. Par contre, si les riches arrêtaient de le faire, il n'y aurait plus que des pauvres. Si les riches se reproduisaient avec les pauvres, si chacun épousait un pauvre, leur nombre serait insuffisant, les riches seraient submergés. Il n'y aurait alors que des pauvres sur terre. Alors autant stériliser les pauvres.

Une bombe d'une tonne a été larguée par l'aviation israélienne sur un seul homme qui marchait dans la rue à Gaza. Il y a eu un grand nombre de victimes qui auraient pu être évitées si l'on avait utilisé une enclume.

Buren disait à Jérôme Sans la chose suivante : "*Mon travail manifeste toujours la volonté aiguë d'une observation critique des situations, critique qui n'implique évidemment pas l'obligation que le travail doive critiquer les situations en question.*[1]" Cette réflexion influença Marcel dans la formulation d'une question importante pour son travail : comment l'observation critique des situations peut-elle devenir une situation critique pour l'observateur critique dont la critique ne critiquerait pas la situation du critique en question ?

Un astéroïde de 2 Km risque de percuter la terre à la vitesse de 100 000 kilomètres à l'heure, en 2019. Un cataclysme gigantesque est à craindre.

Août : Marcel se demandait si l'armée américaine envahirait l'Irak à la date prévue, si une offensive massive serait lancée dès l'automne dans la perspective de la préparation

1. "Au sujet de…", Daniel Buren, entretien avec Jérôme Sans, édition Flammarion, page 118

des élections présidentielles aux Etats-Unis. Les inspecteurs de l'O.N.U. ne trouvaient aucune arme de destruction massive en Irak.

La mafia russe contrôlait le résultat des épreuves du patinage artistique par l'intermédiaire d'Alimzham Tokhtakhounov (dit le Taïwanais en raison de son apparence physique) un parrain de la mafia amateur de spectacles. Un jour de Janvier 1994, Tannya Hardinay avait payé un homme de main pour blesser sa rivale Nancy Kerrigan. À la fin de son entraînement, alors qu'elle s'éloignait tranquillement de la patinoire, l'homme s'était approché d'elle une barre de fer à la main et l'avait frappée aux genoux. Pour Tanya, fille d'une barmaid, mariée six fois, les ennuis commençaient. À la fin, elle posa nue pour des magazines, avec ses patins aux pieds, tandis que Kerrigan devenait une star.

Dans le début des années 2000, Stéphane Bernardis était agressé par un homme armé d'un cutter alors qu'il attendait sa partenaire Sarah Abitbol. "*Le patinage est rempli de rêves enfantins et de vengeances de midinettes cruelles*", avait constaté un journaliste.

En matière artistique, Marcel détestait par-dessus tout trois choses, pour leur vulgarité : le patinage artistique, les ballets nautiques et les expositions tèmathiques.

La bourse plongeait, les retraités qui avaient investi leurs cotisations retraite dans des actions retraite tremblaient.
Bobby Fischer, réfugié dans quelque lieu secret, disputait anonymement des parties d'échecs de trois minutes sur

Internet pour ne pas être localisé. Il vivait dans la terreur d'être empoisonné et faisait goûter ses repas s'ils n'étaient pas préparés par sa mère. La peur d'être suivi l'obligeait à sortir de chez lui par la fenêtre. La mégalomanie, l'obsession permanente du jeu, la misogynie confinant à l'abstinence totale, la peur du regard d'autrui, la certitude de jouer avec Dieu, frappaient souvent l'existence des grands champions d'échecs. Quelques petits joueurs n'étaient pas non plus épargnés.

Les nationalistes corses réclamaient toujours leur indépendance en même temps que des subventions. Comme les artistes.

Buren ("Au sujet de...") révélait certains comportements artistiques en faisant remarquer les contradictions des critiques exprimées à l'égard de ses critiques. Il épinglait la feinte mauvaise foi de ses critiqueurs qui retournaient ses critiques contre lui pour en vérifier la validité. Il répondait très justement qu'on ne l'avait une fois de plus pas écouté, son cas était différent. On lui reprochait de faire comme tout le monde alors qu'à l'origine il avait été le premier à le faire. Même s'il dénonçait certains aspects du capitalisme et de l'idéologie libérale, il n'était pas systématiquement opposé à d'autres ; tout le monde ne pouvait pas en dire autant. Si l'institution ne présentait que des artistes fatalement "récupérés", il fallait être d'une sacrée mauvaise foi pour lui reprocher de l'être aussi. Il ne pouvait être concerné par cette récupération puisqu'il en était prémuni par ses "avertissements" et la signature de l'acquéreur qui garantissait la valeur marchande et artistique de son œuvre.

Avant son forfait, l'auteur de l'attentat contre le Président de la République occupait ses temps libres dans les toilettes de la faculté de droit à coller des vignettes publicitaires pour le groupe de Rock Identitaire.

L'histoire des écoutes mitterrandiennes ressortait ; journalistes, écrivains, acteurs etc… Il ne tolérait, semble-t-il, aucune mauvaise pensée à son égard, aucune remarque, plaisanterie, rien. Un simple silence respectueux sur lequel il dispensait des paroles mesurées dont la profondeur tenait au rythme lent avec lequel il construisait ses phrases. Ses colères étaient d'autant plus solennelles qu'il appréciait son image, du moins dans les moments où rien ne venait interrompre sa diffusion dans les esprits, où aucun contradicteur ne mettait en péril cette vérité intangible que défendaient alors ses paroles outrées. Alors il appelait ses chiens qu'il estimait sans doute plus que les humains et ils venaient lui lécher les pieds sans arrière-pensées.

Pour favoriser le rapprochement entre les peuples, un groupe de pygmées venu du Cameroun avait été installé dans un parc animalier et botanique en Belgique afin de montrer aux visiteurs comment on vivait ailleurs.

Septembre : ultimatum de Busch à l'O.N.U. afin qu'elle adresse un ultimatum à l'Irak pour que Sadam Hussein avoue et dise où se trouvent ses armes de destruction massive.

Octobre : Rien.

Novembre : Poilâne, un boulanger célèbre pour avoir fait du pain, s'était tué en hélicoptère. La nouvelle faisait grand bruit.

Des patrouilles de policier protégés par des gilets pare-balles dans la rue. Alerte à l'arme nucléaire en Angleterre. Chasse aux terroristes dans le monde. Chacun y regardait à deux fois avant de formuler une critique.

Décembre : Rien.

Janvier : Comptes-rendus d'audience du procès de l'infirmière Christine Malèvre accusée du meurtre de plusieurs malades qui lui auraient demandé de les aider à mourir. Dans un livre, elle disait avoir pratiqué un nombre important d'euthanasies. La justice réduisit l'accusation à sept victimes. Au procès, elle en reconnut et justifia deux. Ses collègues de travail auraient été au courant de ses agissements, de son extrême malaise, de sa compassion et de sa fascination pour les problèmes que posait l'approche de la mort pour les malades incurables soumis à de grandes souffrances. Si cette connaissance des faits ou ces soupçons étaient avérés, cela étendrait sa responsabilité à celle de l'ensemble de l'équipe soignante. L'isolement de l'un des siens, confronté et désarmé devant la souffrance, la mort, l'acharnement thérapeutique et familial, l'espoir et le désespoir des malades, devaient finir par lui détraquer l'esprit. La partie civile voulait qu'elle ait agi de sa propre initiative. Elle s'était occupé de ce qui ne la regardait pas. Il en allait souvent ainsi dans la vie courante.

Dans un hôpital, se disait Marcel, chacun pouvait soupçonner son collègue d'avoir, un jour ou l'autre, aidé un patient à mourir. Il était possible que ce soupçon ait pris corps au vu des états d'âme de l'infirmière, qu'elle-même se soit imaginée dans une situation héroïque en s'attribuant des morts inéluctables. Elle ne pouvait admettre son impuissance et désirait se sentir utile dans une situation vouée à l'échec, se donner de l'importance, être aimée. Elle aurait pu ainsi s'être vantée. Le contexte avait fait le reste. Dépassée par les événements, elle se retrouvait devant un tribunal pour des morts qu'elle s'était attribuées et tout l'accusait, elle-même, la mauvaise conscience des familles, le soupçon qui pesait sur le monde médical, les morts. Impossible de revenir en arrière. La folie s'imposait alors. La folie d'une criminelle curieusement sans victime.

La guerre contre un dictateur au prétexte qu'il possédait des armes interdites était une bonne idée, Marcel pouvait considérer qu'il s'agissait d'une bonne guerre. Mais, justement, en dépit des bonnes raisons que lui donnaient ceux qui la menaient, il aurait aimé en connaître de meilleures. On cherchait chez quelqu'un une preuve de ce dont on l'accusait. Ne rien trouver confortait l'idée qu'il nous cachait bien quelque chose.

Février : Au cours d'un séjour à la campagne, Marcel

constata que la terre glaise était étanche, les vaches aussi qui broutaient dans les prés par n'importe quel temps. La terrasse de son atelier prenait l'eau, il songea à l'isoler en étalant dessus une couche de glaise sur une couche de vaches.

Les Américains possédaient des armes de destruction massive biologiques, nucléaires, toutes sortes de bombes suffocantes, ramollissantes ou qui faisaient imploser les corps. Inutile d'envoyer chez eux les inspecteurs de l'O.N.U., ils n'avaient rien à cacher, tout était montré, tout était fait au grand jour, ils en étaient fiers ; c'était là toute la différence.

Mars : chaque fois que les Américains faisaient la guerre, Baudrillard écrivait le même article : entre la guerre la " non-guerre " et lui il n'y avait pas de différences, c'était des situations virtuelles, contenues dans un discours virtuel.

Marcel apprenait qu'au 17ème siécle on faisait des expériences de transfusion sanguine qui consistaient à faire passer le sang d'un chien dans un autre. Le donneur mourait. Le receveur que l'on saignait en même temps vivait. Il se vidait d'un côté et se remplissait de l'autre.

Un ultimatum de 48 heures était accordé par Busch à Sadam et à ses fils pour quitter l'Irak. Après quoi il donnerait l'ordre d'attaquer. Il avait prévu de faire lâcher 3000 bombes les premiers jours. Ensuite, il verrait, suivant les réactions de la bourse.

Dernier jour de l'ultimatum. Tout le monde attendait.

Guerre. Pilonnage intensif comme promis. La rue s'animait.

Premiers contrats signés avec des entreprises américaines pour la reconstruction de l'Irak.

Le vent soufflait le chaud et le froid sur le sable du désert et les hélicoptères de combat. Des hommes en arme avaient traversé l'Euphrate. Des hommes étaient portés disparus, d'autres étaient portés sur des brancards.

Avril : chaque matin, il y avait une femme qui rêvait à la terrasse du café où s'installait Marcel. Comme elle était aussi ponctuelle que lui et semblait avoir les mêmes habitudes, il voyait de quoi il avait l'air en femme. Quelquefois, il pensait à une chose précise, en ce cas il ne voyait rien autour de lui, pas même la femme qui semblait ailleurs. Si une pensée particulière retenait son attention, rien n'existait plus autour d'elle. Perdus l'un et l'autre dans leurs pensées, tout devenait invisible. Certains matins, elle arrivait après lui. Il n'aurait su dire quand elle s'était assise dans l'opacité de ce monde matinal. Au moment de s'en aller, tout s'éclairait, comme s'il ouvrait les yeux. Elle était là et tournait une petite cuillère dans sa tasse de café, le regard au loin. Parfois leurs yeux se croisaient un instant ; ils échangeaient un sourire bref. Une fois par semaine, elle lisait le Monde des livres et portait un cabas de légumes frais.

La chute de Bagdad après vingt jours de guerre. Une statue s'effondrait, tirée par un char d'assaut. Un homme brandissait des vêtements d'enfant ensanglantés. Les ruines étaient des magasins à ciel ouvert. Tout était bon à prendre, à boire et à manger. Mais la population se montrait hostile envers les libérateurs.

Des accords secrets étaient passés entre certaines compagnies pétrolières et le gouvernement américain pour l'exploitation du pétrole irakien. L'usine Coca-cola remise en état tournait à plein régime.

Mai : Au cours d'un vernissage, Marcel rencontra un apprenti artiste dont l'ambition consistait à travailler sur la bêtise. Lorsqu'il lui demanda comment il s'y prenait, il lui répondit de manière stupide.

Chita, le chimpanzé compagnon de Tarzan, qui joua avec Johnny Wesmuller, était âgé de 71 ans. Il passait des jours paisibles dans une propriété en Californie où il jouait avec les enfants et suivait les discours du Président américain à la télévision. Parfois il regardait une rediffusion de "Tarzan l'homme singe".

Le Président Busch prononça un discours en toge d'universitaire. Il adorait se déguiser. Un jour, il s'habillait en civil, un jour en chinois, un jour en militaire de l'armée de terre, un jour en pilote de chasse, un jour en cow-boy, suivant les circonstances dans lesquelles il devait s'exprimer.

Juin : Marcel aimerait, dans l'avenir, que l'on dise de lui : "*c'est un aventurier*", quand on le verrait arriver, et non pas : "*c'est un vieux*".

En Irak, les artistes, sculpteurs et peintres qui avaient réalisé des œuvres à la gloire du dictateur et de ses ministres déchus attendaient maintenant les collectionneurs Américains. Ils devraient changer de style pour le marché européen, mais ce n'était pas certain.

Juillet : Rien.

Septembre : Marcel apprit que des armes de destruction massive pouvaient êtres déployées en quarante-cinq minutes. La polémique portait sur le fait que l'information était inexacte, de telles armes ne pouvaient entrer en action aussi rapidement. Mais la discussion n'avait pas lieu d'être puisque, à l'évidence, ces armes n'existaient pas. Il était judicieux de pinailler ainsi sur la véracité d'une précision supplémentaire pour étayer une fausse information. Si le détail d'un mensonge était exact, le mensonge se transformait en vérité.

Octobre : LE DALAÏ LAMA FAIT SALLE COMBLE À BERCY PENDANT UNE SEMAINE ; ses pieds ne touchaient pas le sol, assis en tailleur sur sa chaise, il donnait l'impression d'être en lévitation. C'était un homme rusé. La salle était pleine de gens de tous bords, des gens revenus de tout sans être jamais allés bien loin : méditer, penser, réfléchir, rêvasser ; aimez-vous les uns les autres.

Novembre : Marcel apprit que la presbyacousie dont souffrait le président Chirac n'était pas un genre de presbytie comme il le crut tout d'abord, encore moins un presbytère comme on essaya de le lui faire croire. En vérité c'était une sorte de banane qu'il attrapa dans l'oreille lors d'une visite par grand froid de la cathédrale de Chartres aux environs de Noël.

Au cours d'un voyage en Basse-Normandie, Marcel lut une inscription sur une plaque qui signalait un point de vue exceptionnel à l'entrée d'un village de pêcheur, célèbre pour avoir accueilli des peintres impressionnistes : "*Après être venu à Port-en-Bessin, Signac dit à Seurat :* VIENS C'EST BEAU *et il est venu.*" Marcel connaissait la suite de l'histoire.

CHAPITRE 11

NURSERIE

Édouard proposa à Marcel de l'accompagner à Ernonville, près de Chartres. On lui avait signalé un musée d'histoire naturelle où il trouverait peut-être ce qu'il cherchait. Rose, qui était venue passer le week-end avec Marcel, serait du voyage. Partis aux aurores, ils furent à pied d'œuvre en milieu de matinée.

Ce musée n'avait pas encore été remodelé par des scénographes à la mode. Il avait conservé son esthétique dix-neuvième siècle et ressemblait plus à un cabinet de curiosité qu'à un lieu d'exposition à caractère scientifique. Constitué de collections hétéroclites, il était encombré de vitrines, de socles et d'une grande variété de meubles de rangement ouvragés qui auraient fait le bonheur d'un antiquaire.

Les pièces délicates soutenues par des renforts de cuivre, les informations écrites à la plume sur de grands cartels jaunis par le temps et les découvertes plus récentes signalées çà et là dans la même unité de style issue de l'artisanat scientifique du début de l'industrialisation, donnaient à l'ensemble une indéniable efficacité esthétique. Mais sa cohérence scientifique semblait douteuse. La forme l'emportait sur le fond. On aurait dit une exposition d'art contemporain.

– C'est là précisément tout son intérêt, dit Marcel à qui Édouard demandait son avis.

Entouré de moulages de crânes d'homo sapiens sapiens dépourvus de mandibule, un dessin représentant Lucy debout dans son environnement était exposé au fond d'une vitrine. L'équilibre instable dans lequel elle se tenait manifestait un certain embarras. Son corps musclé semblait troubler les mâles que l'on voyait en arrière plan, près d'un abri. Ils la regardaient par en dessous. Elle possédait de magnifiques seins en forme d'obus gonflés comme des biceps et s'apprêtait à faire cuire un gigot sur la braise d'un feu de camp. Les hommes attendaient en mijotant quelque chose. Le gigot n'était pas près d'être cuit. Lucy hésitait sur la recette à suivre : cuit ou cru ?

Édouard était intéressé par les crânes relativement récents d'hommes modernes qui servaient à comparer les espèces au cours de leur évolution. Un gardien lui avait dit un jour qu'ils étaient choisis parmi les spécimens en bon état, donnés, acquis ou échangés par les musées, au cours du siècle passé. On les distinguait à leur blancheur et à leur impeccable état général. Ils n'avaient pas l'aspect patiné des os extraits de la terre et ressemblaient plutôt à des crânes qui avaient bouilli longtemps dans un chaudron.

L'origine des crânes récents n'était jamais indiquée. Il

fallait attendre un temps indéterminé pour que l'information tombât dans le domaine public. Les précisions qu'il avait tenté d'obtenir s'étaient heurtées à une fin de non-recevoir. "*Si chacun venait réclamer les os de ses ancêtres*", lui avait-on signifié, "*le travail scientifique deviendrait vite impossible*".

Marcel émit l'hypothèse qu'Édouard aurait pu passer à côté du crâne de son arrière-grand-père sans le savoir.

– Impossible, si je l'avais eu devant les yeux, je l'aurais reconnu.

Marcel douta que l'instinct fut en l'occurrence d'une réelle efficacité, mais comme l'espoir ne pouvait se passer de certitudes, il préféra ne rien ajouter.

L'intérieur des vitrines était curieusement peint en rose. Sans doute pour mettre en valeur les os de manière moins morbide.

– On dirait une nurserie, fit remarquer Rose.

Des squelettes blancs de pattes d'animaux dressés sur des socles comme des sculptures, prenaient une allure étrangement abstraite. Les animaux empaillés reposaient sur des bases recouvertes de velours beige à l'aspect poussiéreux. Des animaux aux poils mités, grossièrement recousus, se tenaient debout, le museau à l'affût, immobilisés en pleine course. Leurs yeux de verre qui brillaient donnaient un semblant de vie à ces dépouilles rigides.

Un crâne d'homo sapiens sapiens sans indication d'origine, pourvu de toutes ses dents, était posé, éclatant de blancheur, entre un crâne de gorille mâle du Congo et un crâne énorme d'homo sapiens sapiens hydrocéphale originaire de Marseille. Cette présentation mystérieuse situait le marseillais à une place défavorable de l'évolution de l'espèce. Marcel, qu'Édouard interrogea d'un point de vue artistique à ce propos, trouva que l'émotion esthétique l'emportait sur tout autre considération. L'art contemporain avait ceci de particulier : suivant la manière dont on le présentait, il signifiait une chose ou son contraire.

Parmi les nombreux musées qu'Édouard avait visités, il préférait ceux qui n'avaient pas été rénovés.

– Avant c'était mieux que maintenant, dit-il.

Rose pensait que maintenant c'était mieux qu'avant, surtout pour les femmes. Marcel ne savait plus. Il ne pouvait croire véritablement que les choses aillent de mieux en mieux, que ce soit vers le passé ou vers l'avenir. Il essayait de se maintenir tant bien que mal dans l'instant présent.

– De toute façon, le retour en arrière, c'est forcément en allant de l'avant qu'on peut le faire ! s'exclama-t-il.

Personne ne comprit où il voulait en venir, alors il rit tout seul à son jeu de mots.

Rose n'ignorait pas la détérioration des choses dues à l'écoulement du temps, mais elle voyait de la nouveauté dans cette transformation ; aucun progrès ne pouvait exister sans nouveauté. Ils se disputèrent un moment à ce propos. Édouard rappela qu'il était bien placé pour juger de cette question : au cours de ses nombreux week-ends et congés consacrés à chercher le crâne de son arrière-grand-père, il avait assisté à la transformation spectaculaire des musées d'histoire naturelle, d'anthropologie et des beaux-arts. Avant, c'était mieux, il n'en démordait pas. Il s'était fait une certaine idée des relations que l'homme entretenait avec la nature et ce n'était décidément plus comme avant.

– Le progrès se manifeste par la grippe du poulet transmise à l'homme par l'intermédiaire du cochon.

– Oui, le contredit Rose en croyant lui clouer le bec, cette épidémie est due à la promiscuité de l'homme avec l'animal. Dans le temps on était encore plus proche des animaux, la situation était pire !

– La grippe du poulet, le sida, le virus ébola, la guerre du pétrole concernent l'actualité !

– Avant il y avait la peste, le choléra, la vérole et la Saint Barthélemy !

– C'était tout de même avant, même si après on a trouvé un remède à ces maladies !

Dans ce musée, l'homme moderne (qui pouvait être une femme) était un exemple parmi d'autres de la variété déconcertante du monde animal, situé entre le gorille et l'homme moderne hydrocéphale.

CHAPITRE 12

BOUDIN

Ils allèrent déjeuner à Chartres, qui se trouvait à une demi-heure de voiture. Selon les commentaires du guide touristique, la cathédrale aurait dû apparaître au bout d'une plaine et s'élever au-dessus d'une mer ondulante de blés jaunes. Mais l'on était encore en hiver, le blé était vert et ras, certaines terres étaient retournées par les labours ou en jachères. Des terres sans végétation destinées à la betterave et aux épinards, du moins ils le supposèrent. Ayant des connaissances assez sommaires et contradictoires en matière d'agriculture, ils ne purent percer les mystères de cette plaine qui s'étalait à perte de vue. Ils étaient déçus à cause de la couleur, mais les cultures n'étant pas très hautes en cette saison, la cathédrale s'élevait plus majestueusement encore que si le blé était parvenu à maturité.

Ils déjeunèrent à la terrasse d'un restaurant au pied de la cathédrale et commandèrent du boudin purée accompagné d'une bouteille de beaujolais. Ils s'étaient assis tous trois face à l'édifice, si bien qu'avant de le visiter, il leur semblait devoir franchir l'obstacle formé par le premier plan culinaire de leur assiette de purée surmontée d'un boudin noir. Ils attaquèrent la purée et étripèrent le boudin en gardant un œil sur les falaises de pierre taillées au pied desquelles les touristes tournaient comme des gueux en cage.

Cette construction de pierre froide, dépouillée des couleurs qui devaient la recouvrir naguère, se dressait, lourde et opaque devant leur assiette fumante. Marcel expliqua qu'à l'origine, on devait voir un ciel peint à travers les fines et hautes séries de colonnes sculptées en hauts-reliefs, comme des barreaux devant une fenêtre, ou des sculptures d'appliques posées contre des murs aveugles. La peinture rendait la construction transparente. La peinture représentait l'espace que la pierre ne pouvait ouvrir. Aucune lumière ne venait de l'intérieur ; les vitraux étaient ternes sur les façades grises.

Il ne restait plus dans leur assiette que la peau du boudin dépecé avec un reste de moutarde. Ils en avaient trop pris. Personne ne parvenait à doser la juste quantité de moutarde dans son assiette.

L'intérieur de la cathédrale produisait un grand malaise chez le visiteur, une sensation de vertige. Le monde était représenté à l'envers. Les voûtes montaient si haut qu'elles se perdaient dans l'obscurité, tel un gouffre qui s'enfonce dans un ciel noir. On tombait vers le haut. Il s'agissait d'une élévation morbide.

Les vitraux flamboyaient comme une fournaise à contre-jour, une lumière éclatante, aveugle, une fiction pleine de mystères funestes. Cette architecture avait quelque chose de magnifique et d'obscène, elle montrait ce que l'on ne pouvait voir autrement que comme un mur dissout par le brouillard. Elle évoquait les limites de l'imaginaire et semblait contenir une frayeur qui fuyait par les trous d'une passoire. Cela fuyait par les nervures des colonnes qui s'élançaient dans cet enfer de la pensée, cela fuyait par le haut, cela fuyait horizontalement par les chaises vides rangées telle une armée de spectres, cela fuyait sur leurs dossiers luisants, cela fuyait dans la pénombre, cela fuyait par les vitraux, par les reliquaires, les statues, les cierges, les visiteurs et les chapelles latérales. Mais cela fuyait de l'extérieur vers l'intérieur, comme s'il pleuvait dans un bâtiment délabré.

Marcel frissonna en sortant de l'édifice, il avait l'impression d'être passé à travers des toiles d'araignée. Sa main s'attarda instinctivement dans ses cheveux. Il n'aimait pas du tout cette cathédrale, trop de fantômes la hantaient. Construite du cinquième au treizième siècle, chacun y était allé de ses fantasmes durant huit siècles. Malgré la foule continue de visiteurs, on l'aurait crue vide. Le sentiment de solitude qui étreignait Marcel se dissipa dans la lumière du soleil. Il préférait nettement la cathédrale de Strasbourg qui ressemblait à une ombrelle recouverte d'ornements érotiques.

Rose, par contre, était aussi emballée par la cathédrale de Chartres que lorsqu'elle venait de voir un film d'horreur. Elle adorait ça.

Édouard avait une opinion plus nuancée. Il n'était pas

normand pour rien. Il pensait qu'une œuvre d'art représentait toujours, a priori, un tour de force, le reste dépassait l'intention de son auteur. La religion ce n'était pas sa tasse de thé, mais il trouvait qu'en effet, il faisait trop sombre à l'intérieur du bâtiment. Sa taille excessive ne devait guère plus apporter de réconfort au croyant qu'un porte avions nucléaire à un pacifiste. Les deux bâtiments étaient conçus pour susciter la crainte. Édouard ne s'intéressait pas particulièrement à la vie des apôtres, cependant, les vitraux qui la relataient étaient fort beaux, ils égayaient l'ambiance lugubre et glaciale de l'atmosphère. Certaines sculptures lui plaisaient énormément et l'ensemble représentait du travail.

– On n'est plus capable de faire ça aussi haut, hein Rose ? C'était mieux avant !

– Tu parles, ce n'est pas parce que j'aime ça que c'est un argument. Si à l'époque ils ont réussi à introduire d'une centaine de mètres cette construction dans le ciel, c'est le bout du monde. Et encore, ils ont triché avec la flèche du clocher, mais je veux bien considérer, même si on s'enfonce dans le ciel comme dans du beurre, qu'il s'agit d'une sorte de clou indispensable à cette avancée. De toute manière, on pousse actuellement le bouchon jusque sur mars !

CHAPITRE 13

À TOUT À L'HEURE

Rose était rentrée à Marseille depuis longtemps. Marcel poursuivait sa résidence et le temps suivait son cours interminable. L'ambiance à l'usine était mauvaise en raison des menaces que la crise économique faisait peser sur l'emploi. Les entreprises poursuivaient leur délocalisation. Les subventions consacrées à la vie artistique avaient considérablement diminué. Chacun faisait comme si tout allait bien mais le moral était au plus bas. Il ne fallait surtout pas chercher les raisons de ce climat dépressif et, si par hasard on les savait, il valait mieux ne pas en faire état publiquement de peur d'être assimilé à un terroriste ou à un ringard, ce qui était pire. Marcel assistait parfois aux vernissages de la région, dans lesquels il croisait le patron de Moulinex, les directeurs de la Société Générale, du Crédit Lyonnais, de Paribas et d'autres collectionneurs moins importants, qui semblaient confiants dans l'avenir. Il avait entraîné Édouard dans ces soirées culturelles particulières.

– Ce n'est pas pour toi que je dis ça, mais la collaboration de classe, ce n'est pas la solution.

– Ici, ce n'est pas la même chose, c'est un peu comme si tu reprochais à l'ouvrier de faire le jeu du patron en venant travailler à l'usine.

– Oui mais on est payé pour venir travailler, ici, on y vient gratuitement. On nous offre simplement des cacahuètes, une misère.

Édouard semblait préférer les expositions du comité d'entreprise organisées par Jacqueline, l'ambiance était plus chaleureuse et chacun s'exprimait sur ce qu'il voyait. D'un autre côté il comprenait les arguments avancés par Marcel lorsqu'il justifiait la promiscuité et la confusion idéologique qui régnaient dans un vernissage, par le caractère universel de l'art et le fait que tout le monde pouvait l'apprécier. Chacun reconnaissait la valeur d'une réalisation pour ce qu'elle était, en éprouvait du plaisir et de la fierté s'il avait participé à son exécution. Lui-même percevait ce genre d'émotion lorsqu'il se rendait au centre commercial et qu'il voyait les appareils ménagers Moulinex alignés sur les présentoirs. Il s'attardait dans les rayons comme un artiste dans un vernissage. Bien que ces objets utilitaires empreints d'une certaine esthétique soient le produit de son aliénation, ils étaient le fruit d'un savoir-faire collectif et individuel dont il était fier. Ils étaient un peu son œuvre. Les sentiments contradictoires qui l'animaient dans cette conversation le conduisaient à faire preuve de mauvaise foi. Marcel se défendait comme il pouvait.

– Je viens ici en tant qu'artiste, essayait-il d'argumenter.

– Justement, à part respirer démocratiquement le même

air que tout le monde, ça te mène où ?

– Respirer est une activité à plein temps qui m'occupe nuit et jour, admit Marcel, je devrais trouver autre chose, mais j'aime ça.

– Ce n'est pas en faisant toujours la même chose que tu parviendras à faire autre chose et à changer le monde.

– Ce n'est pas parce que je me répète que j'ai tort. Comment faire des progrès sans avoir à se répéter, trouver la bonne formule, gagner en précision ? J'énonce les mêmes vérités en les améliorant.

– La vérité c'est la vérité…

– Sans doute, mais est-il possible d'améliorer la vérité ? Bien que la vérité ne puisse être plus vraie que nature, elle semble plus juste dite de la bonne manière. Dite plus ou moins bien elle paraît fausse. Dans certaines conditions, il m'est impossible d'atteindre la perfection. Je pourrais être sourd-muet ou unijambiste. Je me vois mal dire la vérité en équilibre sur une jambe. Si elle est longue à dire, je ne tiendrais pas longtemps. Avec des béquilles, elle semblerait pathétique et c'est dommage pour elle si je la confonds avec un état d'âme. Je n'insiste pas plus longtemps sur la manière, je me comprends. Lorsque la manière est mauvaise, la vérité se distingue mal, bien qu'elle soit vraie. Alors faut-il répéter inlassablement cette vérité éternelle : à chacun sa vérité ?

– Les réactionnaires vont apprécier ton sens de la tolérance !

– Et la conscience professionnelle alors ! Tu peux être

exploité et être fier de ton savoir faire, des connaissances nouvelles et du bonheur qu'elles représentent. Que vas-tu transmettre aux jeunes ? Tu leur diras que c'était mieux avant ?

– Certainement. Mais on peut faire ce que l'on faisait avant et en même temps s'intéresser aux choses nouvelles, ce n'est pas incompatible.

– De toute manière, on ne peut pas être bon en tout, il faut savoir lâcher certaines choses pour en améliorer d'autres.

– Il faut savoir faire des concessions ? Arrêter une grève… ?

– Exactement, c'est une question de stratégie ! Si je parviens encore à progresser ce sera forcément au détriment des tâches quotidiennes que j'accomplis automatiquement sans y penser, pour mieux me consacrer à l'une d'entre elles.

– C'est pour cette raison que ta résidence d'artiste consiste à travailler à l'usine ?

– Oui, je favorise ainsi une seule activité qui les contient toutes. Dans ces conditions, la critique, si tu me critiques, et tu ne serais pas le seul, ne sert à rien d'autre qu'à me pousser à faire plus mal encore dès que j'essaye de m'améliorer.

– Je ne dis pas ça pour toi, toi c'est différent, je te donne juste un conseil…

– Merci ! Je suis entouré d'excellents conseilleurs, et je ne dis pas ça non plus pour toi, qui me pousse, en vérité, à faire inévitablement plus mal encore. Les conseilleurs sont des saboteurs. Le saboteur tire son épingle du jeu car il fait d'une pierre deux coups en alimentant ainsi les raisons de sa critique. Il trouve toujours quelque chose à redire à une chose forcément mal faite. Il alimente sa boutique. Il ne cherche pas la perfection du monde, ma vérité, mon bonheur, il s'en fout ; il scierait la branche sur laquelle je suis assis qu'il ne s'y prendrait pas autrement. Il cherche à foutre la merde. Il dit une chose dans la perspective d'une fin meilleure qu'il sait impossible. Mais comment faire mieux en étant critiqué si la critique m'incite à prendre un mauvais chemin, sachant que, si la vérité est de ce monde, la perfection ne l'est pas. S'il en était autrement pourquoi insisterais-je autant en critiquant les autres ? M'interdirais-je de dire quoique ce soit pour bien faire, les choses seraient pires ! Si je me contentais simplement d'accomplir mon ouvrage ou même si je restais à ne rien faire, ou si je me laissais tyranniser sans protester, que deviendrais-je ? Un mouton ? Un mouton n'est pas l'idéal, du moins selon nos mentalités actuelles, qui sont, certes, dans le vrai, mais sont encore loin d'atteindre la perfection, je te l'accorde.

CHAPITRE 14

CUI CUI !

Marcel et ses camarades avaient changé de poste de travail. Marcel soudait maintenant les connections du magnétron au circuit électrique du four à micro-ondes. Il accomplissait maintenant des gestes courts, méticuleux, presques intimes. La très légère odeur dégagée par la résine décapante contenue dans le fil d'étain fondu par le fer à souder, favorisait une rêverie particulière. Il poursuivait machinalement son ouvrage. Ses camarades lui disaient qu'elles finissaient par prendre ce travail mécanique comme un jeu. Lui-même y prenait goût. Parfois elles essayaient de battre des records auquel il participait. Une sorte de mystère les attirait dans cette activité qui donnait une ambition émouvante, du plaisir et de la fierté à leurs gestes impersonnels. On ne pouvait pas résister psychologiquement à l'exploitation de l'homme par l'homme, en l'occurrence, principalement de la femme par l'homme, au sein d'un travail libérateur, sans un minimum de respect et d'amour pour la tâche que l'on exécutait.

– En travaillant plus vite par plaisir, dit Marcel à Renée

sur sa droite, tu nous obliges à augmenter la cadence en même temps que les bénéfices des actionnaires. En tant que déléguée syndicale tu mets ton plaisir avant l'intérêt des travailleurs.

Choquée par cette remarque, Renée ralentit la cadence. Des protestations s'élevèrent sur le convoyeur.

– C'est à cause de l'artiste ! cria Renée afin d'être entendue à l'autre bout de la chaîne, il n'est pas pressé de rentrer chez lui ! II est comme Édouard, le passé le retient en arrière !

Pressé de faire les choses pour le plaisir de les faire, se disait Marcel en songeant à son activité passée, plus je m'attelais à leur réalisation plus j'éprouvais de satisfaction. J'accomplissais mon œuvre, tenu en haleine par de nouvelles découvertes. Je n'ai jamais eu le loisir de m'ennuyer, poursuivait-il, tandis que Renée et Jacqueline accéléraient de nouveau la cadence en souriant. Le plaisir est un moteur qui me pousse à m'activer, il tempère mon angoisse existentielle, il la transforme en une véritable partie de plaisir.

– J'aimerais exposer tes œuvres au M.A.C. du comité d'entreprise, lui dit Jacqueline, j'organise une manifestation autour de la notion de projet.

– Il y a de l'argent pour la production ?

– Pas véritablement, mon idée consiste à présenter des projets qui ne verront jamais le jour faute de moyens. Il s'agirait de réfléchir à l'esthétique de l'intention. Travailler sur un projet avorté dès le départ favoriserait un engagement intellectuel dépouillé des sentiments qui l'encombrent habituellement.

Marcel en convint, il se demandait cependant s'il était possible de développer une pensée dépourvue d'émotion. Je m'efforce de le faire en neutralisant mon système nerveux, se disait-il. Mais lorsque j'y parviens, je m'endors. Alors je rêve et tous mes efforts sont réduits à néant ; mon système nerveux véhicule librement la moindre impulsion exercée sur mes sens par je ne sais trop quelle obscure palpitation de la nature. J'essaye à nouveau en buvant des cafés pour rester éveillé, mais je deviens trop nerveux, j'ai du mal à me concentrer. La satisfaction que j'éprouve devant une belle pensée, un beau paysage, un geste parfait, déclenche un échange chimique équilibré au sein de mon organisme, place mes neurones dans une heureuse disposition ; je suis de bonne humeur.

La satisfaction, l'esprit, la conscience, la bonne humeur, être ? Avoir de l'esprit produit la bonne humeur et la satisfaction engendre la conscience de soi. Être de bonne humeur satisfait la conscience de l'esprit. L'esprit satisfait est la conscience de la bonne humeur. La conscience de la bonne humeur est une satisfaction pour l'esprit… Drrriiiiiiiiiiiiiiiiiiiiinnnnng !

C'était la sonnerie stridente du changement d'équipe qui retentissait. Alors, après s'être changé, Marcel vint s'approvisionner au centre commercial. Il n'avait plus rien dans son frigo.

CHAPITRE 15

RESTAURANT

Entre deux changements d'équipes se tenaient des assemblées générales organisées par l'intersyndicale. Les bruits concernant la liquidation de l'entreprise se confirmaient. Les Américains avaient déclenché une sorte de guerre mondiale. La sécurité sociale et l'école laïque étaient menacées.

Les élans héroïques de l'âme ne pouvaient se satisfaire de la lutte des classes au quotidien. Édouard avait perdu tout espoir de retrouver le crâne de son arrière-grand-père. Il était le descendant d'un terroriste célèbre, cela ne suffisait pas à justifier son existence. Défaire l'exploiteur dans une embuscade apportait une satisfaction éphémère. À l'époque, cette attaque avait créé une situation intolérable pour la libre circulation des biens et des personnes. N'importe qui, sous prétexte qu'il était de la région, pouvait organiser un guet-apens. Il était odieux aux idéologues de la révolution industrielle et des conquêtes coloniales du 19ème siècle que le progrès ait été freiné par des hommes armés de sagaies. Des hommes forcément réactionnaires comparés aux connaissances auxquelles étaient parvenue la civilisation. Le sentiment d'Édouard qui privilégiait l'idée qu'il y ait eu un passé idéal venait de cette erreur initiale. Il attendait les week-ends et les congés payés comme un anthropologue sa subvention pour partir en expédition. Mais si l'usine fermait, il n'aurait pas les moyens de poursuivre son projet. Sur les conseils de Marcel, il abandonna ses recherches et décida qu'un autre crâne ferait aussi bien l'affaire, à condition qu'il ait appartenu à une personne suffisamment héroïque pour honorer la mémoire de son ancêtre. Il se mit à réfléchir.

Marcel en fit autant de son côté. Plusieurs idées lui vinrent à l'esprit sans qu'il puisse en choisir une. Il les trouvait toutes bonnes. À ses yeux, les idées ressemblaient à ces menus interminables de restaurant dont les innombrables plats lui brouillaient l'esprit. Ils baignent dans la même sauce, se disait-il, je ne sais jamais lequel prendre. J'admire ceux qui, après un rapide coup d'œil, composent sans hésiter le menu de leur choix. Ils connaissent leurs goûts sur le bout des doigts, l'ajustent instantanément à l'humeur du moment et font preuve d'un remarquable esprit de décision. S'ils ont été trompés sur la marchandise par quelques subterfuges rédactionnels indétectables, ils manifestent aussitôt leur mécontentement au serveur. Je les envie. Alors, pour échapper au désarroi grandissant produit par la lecture prolongée du menu et par l'attente de ma décision pour passer la commande, je prends la même chose que mon voisin. On pense ainsi que je manque sérieusement de caractère, alors que suivre les goûts d'autrui révèle, à mon sens, une modestie louable et l'assurance que je ne serai jamais un tyran. On peut m'élire sans crainte pour la démocratie.

Personne ne soupçonne ce que j'endure au début d'un repas pris en bonne compagnie au restaurant. Je fais semblant de consulter la carte devant laquelle l'expectative d'un choix personnel qui ne verra jamais le jour l'emporte résolument. Rester sur sa faim réclame une force de caractère qui s'accorde mal aux interprétations fallacieuses, aux apparences trompeuses auxquelles peuvent laisser croire mes atermoiements, mes incertitudes, mon manque de conviction, voire mon absence de décision à la lecture d'un menu de restaurant. Je devrais adopter une position plus radicale et ne pas avoir la faiblesse d'ouvrir un menu. Je devrais simplement demander : "*la même chose*", d'un ton résolu, après que mon voisin ait passé sa commande, de sorte que chacun comprenne le sens de mon engagement. Ma position serait assez claire pour que l'originalité de ma démarche et mon indépendance d'esprit apparaissent pour ce qu'ils sont.

Je pourrais faire la même commande que telle personne avant qu'elle ait pris sa décision ; mais si elle se souciait de mes goûts et me demandait mon avis, je me retrouverais dans le même embarras. Avant de vouloir changer le monde, j'essaie de me changer moi, moi. Je ne fais pas comme tout le monde.

Je dois faire preuve d'une grande détermination et d'un certain courage pour respecter le goût de mes semblables, au point de l'emprunter, sachant qu'une fois sur deux je regrette de n'avoir pas suivi le mien. Il me faut une dose d'abnégation, un amour de l'Homme hors du commun pour faire mien le choix d'autrui quand je sais, la plupart du temps, que je serai déçu, que j'aurais dû commander un autre plat, que j'aurais dû suivre mon instinct, fut-il de ne rien prendre du tout. Ou juste un dessert. Je dois posséder une confiance aveugle dans l'humanité quand je sais, par expérience, le mauvais goût des autres. Tant que je ne parviendrai pas à convaincre tout le monde de manger la même chose, je ne vivrai pas en paix. Lorsque je suis près d'y parvenir, il y en a toujours un qui veut se distinguer.

Au lieu d'accueillir favorablement les inspecteurs de l'O.N.U., les Irakiens auraient mieux fait de m'écouter et d'avoir rendu obligatoire la consommation du "*hamburger*" à Bagdad. Faire comme les autres me laisse sur ma faim, mais ce n'est pas un handicap. Rester sur sa faim aiguise l'appétit. Un artiste qui ne fait pas exactement ce qu'il veut est forcément créatif. La liberté de création est attachée à des contraintes. Lorsqu'on interprète mon empathie envers le monde comme une absence de personnalité ou une atteinte à la personnalité d'autrui que l'on me reproche de singer, cela me navre. Je ne décide pas pour les autres. Je décide pour moi qui désire faire comme tout le monde sans influencer personne.

C'est alors que la chaîne de montage s'immobilisa. L'équipe de l'après-midi faisait une heure de grève pour tenir une assemblée générale.

CHAPITRE 16

FRITEUSES

L'assemblée générale se déroula dans la plus grande confusion. Une partie du personnel était déterminée à se mettre en grève illimitée pour défendre l'emploi, tandis que l'autre exigeait un plan social, des indemnités ou un reclassement dans certaines unités du groupe qui ne seraient pas touchées par la restructuration.

– Réclamer un plan social revient à entériner la fermeture de l'usine et les mesures de licenciements avant qu'aucune décision officielle ne soit prise !

– Oui, mais il faudrait savoir si la direction en a prévu un !

– Un plan social, signifie notre disparition ! Les plans sociaux sont des plans de licenciements, j'appelle ça des plans associaux !

– Si l'on ne parvient pas à imposer un plan social, la majorité d'entre nous va se retrouver à la rue sans rien !

Nombreux étaient les indécis. Dans la perspective d'une restructuration des différentes usines (micro-ondes, aspirateurs, cafetières, fers à repasser, friteuses) quelques-uns espéraient pouvoir se rapprocher de leur domicile. Certaines usines du groupe réparties dans la région semblaient épargnées. Les informations étaient volontairement contradictoires pour semer la division, le personnel était unanimement inquiet et ne savait quel parti prendre. À la reprise, les convoyeurs tournèrent au ralenti, personne ne tenait les cadences.

En accomplissant mollement sa tâche, Édouard, aiguillonné par la contestation et la résistance qui commençaient à s'organiser, trouva une solution de remplacement pour son projet. Le seul personnage héroïque qui avait des points communs avec son arrière-grand-père et s'en montrait digne était le général de Gaulle. L'idée consistait à s'emparer de son crâne et à venir au Kenya, le déposer dans la tombe de son arrière-grand-père. En somme il s'agissait de faire un échange. Ce déplacement symbolique lui semblait justifié par l'Histoire. Tombes et sanctuaires africains y avaient été légitimement ouverts par des missionnaires, des militaires, des anthropologues, des collectionneurs ou de simples civils. Leurs découvertes avaient enrichi le patrimoine culturel mondial. Dans un esprit de réciprocité, son initiative serait un juste retour des choses, elle servirait une noble cause. Il ne s'agirait pas de choquer les esprits. Le transfert se ferait dans la plus grande discrétion, personne ne s'en rendrait compte. Le crâne de l'un passerait d'autant mieux pour celui de l'autre, que les homo sapiens sapiens avaient ceci de particulier : la grande stabilité de leur structure anatomique au cours de ces cent mille dernières années, ne permettait pas de les distinguer les uns des autres autrement que par les modes vestimentaires. Il soumettrait son idée à Marcel et solliciterait son aide. Mais il ne le trouva pas à la sortie de l'usine.

Une fois sa journée de travail terminée, Marcel s'était rendu directement au centre commercial pour faire des courses avant de rentrer chez lui où il s'était préparé une assiette de spaghetti à l'ail (faire bouillir les gousses pelées d'une tête d'ail dans l'eau de cuisson des pâtes. Une fois les gousses ramollies, ajouter les pâtes. Laisser cuire entre huit et dix minutes. Égoutter, mettre dans un saladier avec de l'huile d'olive et une pincée de piment. Mélanger de manière à ce que l'ail forme une pommade. Servir avec du parmesan. On peut ajouter une tomate fraîche écrasée), ensuite il avait regardé la fin du film sur la 2 et les informations de 22 heures 30 consacrées à la guerre. Il s'était couché juste après et fit le rêve suivant : *il accueille son cousin* (Marcel n'avait pas de cousin) *à bras ouverts et ils se roulent un joint* (Marcel ne fumait pas) *en rigolant de cette guerre qui n'est pas près de s'arrêter. Ils sont opposés aux terroristes, aux étrangers et à la libération des femmes* (Marcel est pour la libération des femmes étrangères). *Ils sont faits pour s'entendre, mais un grave différend les divise sans qu'ils puissent en faire état : son cousin a hérité de la maison familiale dans laquelle il vient d'entrer pour l'en déloger* (Marcel n'espère aucun héritage). *Il descend un escalier qui conduit à une cour. Une fois parvenu en bas, il tire à la kalachnikov* (Marcel n'a pas fait de service militaire) *en direction des bombardiers qui passent dans le ciel, sans risquer de les atteindre, mais en retour une bombe de sept cents kilos se dirige vers son cousin resté sur la terrasse* (Marcel n'a jamais assisté à un bombardement). *Il songe alors que pour obtenir une plus grande égalité dans les combats, il faudrait consacrer plus de temps à de mauvaises causes pour y parvenir et encore, cela n'y suffirait pas* (la cause de Marcel est juste, mais il suit une mauvaise stratégie).

Les Américains sont prudents, ils combattent en volant ou allongés tandis que Marcel combat debout et à pied (Marcel possède une voiture). *Ils sont puissants, alors à quoi sert le courage des opprimés s'ils finissent terroristes pour régler des comptes personnels ?*

Marcel forme une cible idéale et ce n'est pas son seul défaut, sa résistance au froid ne tient pas devant ses ennemis frileusement allongés sous des édredons, ils le tiennent dans leur ligne de mire tandis que fièrement il grelotte et se dresse à contre-jour sur des rochers. Ses rochers (Marcel est sculpteur).

Il s'est éloigné en attendant que la poussière retombe pour mesurer l'ampleur des dégâts. Il y a un énorme trou à la place du bâtiment litigieux, des cailloux et de la terre roulent encore sur les bords, son cousin, le taliban, n'est plus là. Les Américains volent très hauts dans le ciel. Marcel a tiré encore. Il détestait son cousin (Marcel ne déteste personne). *Il sera bientôt nommé Ministre Des Situations d'Urgences* (Marcel n'est jamais pressé). *Après la guerre contre les Russes, financée par les Américains, il a préféré les Moudjahidins aux Talibans* (Marcel est un idéaliste de gauche). *Pourtant un Moudjahidin lui avait volé sa montre en 92 tandis qu'un Taliban l'avait giflé en 96* (Marcel n'est pas rancunier). *Voici pourquoi il peut rentrer fièrement chez lui, lavé de cette gifle qu'il n'a pas digérée. Avec un peu de chance, il retrouvera peut-être sa montre* (Marcel n'a pas de montre).

Depuis la guerre contre les Russes Marcel trouve la situation toujours aussi embrouillée. Voici le topo : Ah ! finance Bébé qui manipule Ixe en lui versant d'importantes sommes d'argent.

Ixe exerce à son tour une certaine influence sur Yiii !, qui est également soutenu par Bébé, mais Ixe l'ignore.

Financé par deux puissances opposées, Yiii ! a les moyens de soudoyer Ah ! ; Bébé et Ixe n'en savent rien.

Ah ! qui finance Bébé, fait pression sur celui-ci pour qu'il suggère à Ixe de convaincre Yiii ! de soutenir Ah ! de manière plus conséquente afin d'être en mesure de consolider son alliance avec Bébé, mais ce dernier préfère directement négocier avec Yiii ! puisqu'il le finance en secret.

Yiii !, qui désire consolider son pouvoir, informe Ah ! des manigances de Bébé.

Alors, Ah ! soutient Yiii ! et finance, par son intermédiaire, une opposition intérieure pour déstabiliser Bébé.

Ixe, furieux d'avoir été berné dans l'histoire se laisse convaincre de soutenir l'opposition intérieure chez Ah !, par l'intermédiaire de Yiii ! qui aurait tout à y gagner.

Cependant, Yiii ! préfère, pour des raisons stratégiques et commerciales, transiter par Ixe qui voit son aide militaire augmenter.

Ah ! prend contact avec l'opposition intérieure chez Yiii ! pour qu'elle s'allie à l'opposition chez Bébé.

Mais l'alliance des oppositions, fortes des multiples subventions versées par les uns et les autres, parvient à soudoyer le parti de son choix en fonction de l'évolution des marchés, de la reconstruction des bâtiments détruits par les conflits, du cours de la bourse, du baril de pétrole brut, de la vente des explosifs et de divers produits annexes, dont le pavot, les fours à micro-ondes, les fers à repasser, les aspirateurs et surtout, les friteuses. Réflexion faite, il a peut-être une chance d'apprendre où se trouve sa montre.

C'est alors que Marcel se réveilla juste à l'heure prévue.

CHAPITRE 17

PRINCIPE

On était samedi matin, Édouard rendait visite à Staline qui réclamait sa présence, ensuite il comptait passer chez Marcel pour lui exposer son nouveau projet. Il trouva Staline moins inquiet que d'habitude. Il ne fut pas fouillé ni soumis aux mesures de sécurité, mais il ne fallait pas se fier aux apparences.

Bien qu'il soit enfermé, Staline gardait le contact avec tous ses frères qui lui écrivaient régulièrement. Il avait ainsi l'impression d'être le centre du monde. C'était par lui qu'Édouard savait ce que devenaient les membres de sa famille. Il demanda des nouvelles de Trotski et de Lénine. Lénine bénéficiait, semblait-il, d'un grand prestige dans son nouveau pays, cependant, il avait des ennuis de santé. Habitué à la cuisine au beurre et aux traditions culinaires normandes, il supportait mal la cuisine africaine. L'aîné des quatre frères aurait bientôt soixante-dix ans, il ne mangeait plus guère de pommes, le cholestérol commençait à détériorer son organisme. Sujet à des pertes de mémoire, il tenait parfois des propos d'une grande confusion. Il lui arrivait d'oublier qu'il était en Afrique, il se croyait encore en Basse-Normandie et mettait sur le compte des changements climatiques la chaleur excessive, la végétation exotique et la disparition des vaches normandes. Cela ne nuisait pas à sa réputation, l'esprit facétieux des Africains mettait ses remarques sur le compte de l'humour français. On pensait qu'il exprimait ainsi un point de vue critique sur la destruction de l'équilibre écologique de la planète par les occidentaux.

Staline n'avait plus de nouvelles de Trotski depuis un certain temps. Il avait disparu dans les montagnes d'Éthiopie, quelque part sur les plateaux du Simen ou du Godjam, à 2400 mètres d'altitude. Financé par une organisation marxiste Erythréenne qui n'avait pas désarmé, il était parti installer une maison de la culture itinérante dans ces régions sauvages. Comme il n'y avait pas de route, il avait changé sa caravane contre des mulets. Les résistants résistaient aux intempéries et à la solitude. Trotski Abushibi avait adapté aux régions désertiques et à la lutte clandestine, le principe des maisons de la culture mises en place par André Malraux. La longue marche qu'il avait entamée le conduirait, selon son plan, un jour ou l'autre, vers le Kenya voisin pour rejoindre Lénine. Trotsky avait donné des nouvelles de son engagement à Staline informé du succès de Lénine, juste avant son départ pour la montagne.

Staline avait perdu une grande partie de son influence, les infirmiers faisaient tout afin de le discréditer, se plaignait-il à Édouard.

– Pour reconquérir mon autorité, expliquait-il, je dois mettre en confiance mes semblables. Même s'il faut imposer mes vues par la contrainte. Je ne peux à moi seul tenir mon ambition à bout de bras, je dois bénéficier du soutien de quelques personnes influentes dans un domaine tandis qu'elles auraient besoin de mes talents dans un autre. C'est-à-dire que mes propos viendraient renforcer leur position, tandis que mon action deviendrait indispensable à la leur pour servir mes intérêts. Ce serait une situation idéale, une société idéale, ajouta-t-il, une société où chacun remplirait joyeusement sa tâche au service des autres en œuvrant pour lui-même.

– C'est une bonne idée, intervint Édouard pour encourager son frère qu'il n'avait pas entendu s'exprimer véritablement depuis une éternité.

– Mais l'autorité ne s'établit pas sur un partage librement consenti des rôles. Lorsque je viens au monde ce n'est pas avec ma taille définitive, ma pensée reste à constituer, je ne suis pas fini ; je suis nu et vulnérable. Au départ, j'ose espérer que je suis nécessaire à ceux qui m'ont fait, soit d'une manière générale pour le salut de l'espèce, soit par une sorte d'attachement qui me rend indispensable, en contrepartie de quoi, on s'occupe de moi. Dans le fond, le reste de la vie s'organise sur ce schéma sauf qu'un adulte n'est pas aussi attendrissant qu'un bébé, même si on s'y attache pour des raisons identiques. Je suppose donc que dans un premier temps, on ne peut pas m'ignorer. J'exerce alors mes talents en échange de mon existence. J'acquiers de l'influence et l'on en a sur moi, jusqu'à un certain point, dans une sorte de partage qui devient vite inégal. L'amour de soi par l'intermédiaire d'autrui, qui fonde ce principe, réclame toujours plus. Un instant de faiblesse et me voilà à la merci de sentiments qui ne m'appartiennent pas. Alors, si je me dérobe, je rencontre une résistance organisée par des individus qui pensent, sous prétexte qu'ils ont été aussi bébés, soit pouvoir faire aussi bien que moi (ou plus mal, mais peu importe, la vanité de chacun prêche pour l'aussi bien ou le mieux) et veulent tout simplement prendre ma place, indépendamment de la qualité de mon œuvre en défendant des idées identiques aux miennes, soit qui veulent radicalement changer les choses et jeter le bébé avec l'eau du bain.

– Tu fais un drôle de bébé.

– Ce n'est pas une raison pour m'éliminer…

– Tant que tu es ici, il n'y a personne qui risque de prendre ta place.

– Détrompe-toi, ils veulent me détrôner depuis que je commence à contrôler la situation. Ils désirent purement et simplement me supprimer. Mon autorité suscite la crainte. De là à me soupçonner de vouloir semer la terreur, il n'y a qu'un pas. Ceux qui prétendent me remplacer le franchissent aisément. L'autorité appartient à celui qui sait, qui sait je ne sais pas trop quoi exactement. Tant que personne ne se doute que je ne sais rien, je ne risque pas grand-chose. N'étant pas le seul dans ce cas, j'ai une position de force qui me permet de démasquer les ignorants. Avec l'expérience, je finis par savoir comment ne pas révéler que j'ignore tout de la question. Je laisse s'exprimer mes infirmiers, ils parlent inconsidérément à ma place. Je peux ainsi les repousser en menaçant de tout révéler dès qu'ils veulent m'évincer, car ils savent que je sais qu'ils parlent sans savoir que je ne connais rien. Pour faire savoir que je sais et conserver le plus longtemps possible mon autorité, je fais savoir que je sais quelque chose en soupçonnant tout le monde de tout et de rien.

– Le mieux est de ne rien dire.

– Oui, mais un savoir qui ne se sait pas produit peu de connaissance, aucun pouvoir ne lui est attaché. Il en produit moins qu'un ignorant qui fait savoir qu'il sait en étant suffisamment malin pour ne pas révéler l'étendue de son ignorance. Ne pas révéler son ignorance donne donc de l'autorité. D'un autre côté, la reconnaître, répondre tout simplement "*je l'ignore*", à la question "*qui suis-je ?*" peut donner l'impression d'une grande sagesse, personne ne peut croire qu'un homme en sache si peu sur lui-même ; on se dit que pour en arriver à une telle conclusion, il a dû accumuler beaucoup de connaissances et réfléchir longtemps. Je constate que l'autorité peut aussi bien venir du savoir que de l'ignorance, elle peut être inspirée par la terreur divine ou être accordée au bénéfice de l'âge. L'autorité ne dépend pas de la vérité, elle dépend de la ruse. Si la vérité revient à dire sincèrement ce que je pense, je vois bien en l'occurrence qu'elle est relative à mon degré de connaissance. Lorsque je suis sincère cela signifie que je suis de bonne foi mais la bonne foi peut être dépourvue de connaissance et de vérité. La vérité c'est comme le futur, je passe mon temps à lui courir après, elle change tout le temps. Dans la pratique je ne peux pas en tenir compte, elle n'est pas fiable. Qu'en penses-tu Édouard ?

Édouard ne voyait pas ce qu'il pourrait ajouter. Cela parut louche à Staline qui exigea de le fouiller pour vérifier s'il ne portait pas un magnétophone sur lui, ou un téléphone portable laissé ouvert avec un correspondant à l'écoute. Après quoi Édouard prit congé, heureux d'avoir trouvé son frère en meilleure forme. Il prit le tramway pour se rendre au Centre d'art.

Marcel n'était pas à la résidence. Alors il marcha jusqu'au centre commercial pour flâner dans les corridors, voir les nouveautés et surtout, acheter un téléphone portable. Il n'en avait pas véritablement besoin, mais il hésitait, cela faisait trois fois qu'il revenait à cause de la vendeuse. Elle possédait tout ce qu'il aimait chez une femme.

CHAPITRE 18

CROISSANT

On était dimanche matin, le centre commercial était fermé. Édouard ne trouva pas Marcel chez lui lorsqu'il vint, une fois de plus, exposer son projet. Mais il était de bonne humeur. Il avait rendez-vous avec la vendeuse de téléphones pour aller au cinéma dans l'après-midi. Il verrait Marcel lundi, à la reprise du travail. La vendeuse s'appelait Martine. Il n'avait encore rien décidé au sujet du téléphone.

Un certain nombre de personnes qui déambulaient habituellement dans le centre commercial trouvaient refuge à la gare de Caen le dimanche. Marcel buvait un café à la terrasse du bar "LA CONSIGNE" située juste en face. Dans le cadre de sa résidence, il passait la journée à regarder les voyageurs aller et venir. Si l'attente était trop longue entre deux trains, il venait au bar boire un verre, manger un sandwich, réfléchir à de nouveaux sujets auxquels il n'avait pas songé jusqu'à présent.

Certaines personnes qu'il observait venaient en avance dans le hall de la gare. Elles ne restaient pas en place, vérifiaient continuellement les horaires des trains, regardaient l'étalage du marchand de journaux ; elles avaient un train à prendre ou attendaient quelqu'un, d'autres accompagnaient un voyageur. Marcel adoptait l'un ou l'autre comportement. L'image du désœuvrement lui était insupportable. En vérité il accomplissait son travail d'artiste. Il préparait son exposition au M.A.C. du comité d'entreprise et mettait en œuvre le dimanche ce qu'il avait imaginé durant la semaine. Il exécutait une performance, fondée sur l'envie irrépressible de partir sans but précis, au milieu d'un public populaire défavorisé et cherchait comment il pourrait rendre compte de son action dans une salle d'exposition. Il s'efforçait d'être le plus discret possible pour ne pas choquer inutilement les exclus de l'art contemporain. Faire preuve de pédagogie en se fondant dans la foule caractérisait son nouveau travail. Il regardait impatiemment l'horloge ou consultait les horaires, d'autres fois il demeurait assis sur un banc, lorsqu'il trouvait une place libre, à faire semblant d'attendre quelqu'un, les yeux dans le vague. Son manège ne passait pas inaperçu de l'employé du service de sécurité de la gare, recruté pour son sens aigu de l'observation. En tenue de combat noire, avec écrit “SÉCURITÉ” en lettres blanches sur le dos, chaussures montantes pour sauter en parachute, les cheveux ras, il tournait dans la gare avec un gros chien noir sans muselière qu'il tenait en laisse. Il demandait aux fumeurs d'éteindre leur cigarette avec le minimum de mot, quelquefois sans mot du tout suivant l'élégance vestimentaire de la personne concernée, juste un geste bref, tandis que l'animal flairait les mollets du contrevenant. Depuis sa dernière venue, Marcel avait remarqué que le vigile était parvenu à faire baisser la consommation de tabac dans le secteur de la gare où il patrouillait, en dessous de la moyenne nationale.

La population d'habitués, de voyageurs en attente, de citadins sans abri, d'individus suffisamment démunis pour ne pas savoir où aller une fois sortis de chez eux, avaient besoin de se donner une contenance, surtout les jours fériés. Ils semblaient très occupés, pressés, voire impatients. En vérité ils n'avaient rien d'autre à faire que de passer le temps et de profiter d'une distraction plus intéressante que ne l'aurait pu croire un voyageur ordinaire qui, sans avoir besoin de s'attarder à la gare, aurait eu les moyens, en ce dimanche après-midi pluvieux, de se payer une place de cinéma.

Du moment qu'ils respectaient l'ordre public, ils étaient d'autant plus tolérés par la SNCF qu'ils donnaient à la gare un air d'activité intense profitable à sa bonne réputation. La gare ne désemplissait pas. On laissait croire que le week-end, l'entreprise comblait son déficit ; c'était une bonne publicité qui inciterait, un jour, les visiteurs à prendre le train. Au moins pour partir ailleurs une bonne fois pour toutes, lorsqu'il n'y aurait plus de travail dans la région. La SNCF faisait des prévisions à long terme.

Marcel avait une fois de plus envie de partir en voyage, bien qu'avec le terrorisme et les menaces d'attentats, il soit désagréable de se déplacer. Au cours du dernier grand périple qu'il avait accompli, plusieurs incidents symptomatiques du malaise ambiant s'étaient produits.

Tout avait commencé à l'aéroport, au passage de la douane. En inspectant ses bagages, un policier, derrière l'écran du scanner, avait vu un couteau dans son sac. Il lui avait demandé de le lui remettre s'il voulait partir. Marcel avait dit qu'il tenait à ce couteau mais le policier lui assura qu'il serait déposé dans la soute à bagage et que l'hôtesse le lui rendrait à l'arrivée.

C'était un beau couteau en os gravé muni d'une lame épaisse. Cet incident occupa son esprit durant tout le voyage. D'une certaine manière il avait de la chance. S'il avait été Nord-Africain, Afghan, Irakien ou Palestinien on ne lui aurait fait aucune promesse, il n'aurait eu aucune chance de récupérer son couteau. On l'aurait gardé comme pièce à conviction.

Lorsqu'il avait dix-huit ans, la guerre d'Algérie faisait rage. Marcel soutenait alors le front de libération nationale algérien[1]. Si les Américains l'apprenaient, en établissant un lien avec le couteau, ils pourraient le conduire sur l'île de Guantanamo rétroactivement. Il endosserait la combinaison orange des terroristes. Adieu sa carrière d'artiste international.

Marcel était arrivé à destination à l'heure du petit-déjeuner. Il avait pris des œufs sur le plat avec du bacon, des pommes de terre sautées, et bu du café en grande quantité. Ce genre de petit-déjeuner donnait un goût d'aventure à son existence que ne lui procurait pas le croissant beurre de la gare de Caen.

1. "La beauté moderne"

CHAPITRE 19

BABY BOOM

Marcel prenait son poste à 14 heures. Il avait fait la grasse matinée et se douchait en prenant son temps. Bien qu'il ne fût pas impliqué de la même manière que les autres dans les derniers événements de l'usine, en raison de son embauche récente, il n'était pas indifférent à l'ambiance générale et au sort de ses camarades. Cependant, la double fonction d'ouvrier et d'artiste qui le faisait hésiter entre la classe ouvrière et la petite bourgeoisie, lui donnait l'impression d'être comme ces immigrés pris entre leur pays d'origine et leur pays d'accueil ; ils demeuraient des éternels étrangers. Par-delà l'inquiétude de perdre son emploi, il ne se sentait pas viscéralement attaché par un esprit “maison” à Moulinex, il trouvait cette idéologie douteuse et le travail aliénant. Le passé paternaliste de l'entreprise semblait laisser quelques regrets chez les plus anciens, même si après trente ans de labeur, ils n'avaient gagné que le droit de parler en travaillant. La gestion purement financière de la production à laquelle ils se trouvaient maintenant confrontés, la violence et le cynisme des moyens employés se mesuraient au désarroi du personnel. La spéculation boursière réclamait de tirer le plus d'argent possible de l'entreprise et d'investir ailleurs les bénéfices dans les plus brefs délais. C'était littéralement du pillage, une mise à mort préméditée. Marcel ne s'interrogeait plus sur les répercussions de cette méthode au sein de la société, il voyait bien qu'il en allait partout ainsi dans le monde.

Mais il n'y avait pas que l'avenir du monde qui l'inquiétait à cette heure de la matinée. Les soucis domestiques lui procuraient aussi quelques désagréments. D'aussi longtemps qu'il s'en souvenait, il ne s'était jamais véritablement nettoyé le dos qu'au prix d'acrobaties ridicules ; il avait les bras trop courts. Cela ne lui avait jamais troublé l'esprit jusqu'à présent. Non pas qu'il jugeât les choses de l'esprit selon une classification en grands et petits sujets, ni que tous les sujets fussent égaux. Il considérait simplement qu'il devait consacrer à tous le sérieux qu'ils méritaient. Il ne mettait pas de côté les sujets de réflexion concernant les imperfections de la nature qui délaissaient certaines parties du corps impossibles à laver sans l'utilisation d'une brosse à manche ou de l'intervention amicale d'une tierce personne, pour des raisons morales, par négligence, flemme intellectuelle ou mépris des questions autres que celles consacrées à l'existence de l'âme. Il ne pouvait tout simplement pas penser à tout avec un égal bonheur et aborder tous les sujets, sinon en leur accordant à chacun un intérêt superficiel. Cette faiblesse fondamentale, qui l'obligeait à les étudier un à un sans espoir d'atteindre le bout de cette liste, l'éloignait chaque jour un peu plus d'une vue d'ensemble que lui aurait permis un abord moins tatillon de chacun d'eux. Il pensait que toutes ces chimères rendaient l'âme sereine. C'est pourquoi il ne négligeait pas les problèmes posés par la vie quotidienne. À ses yeux, favoriser ceux qui étaient simples à résoudre n'était pas céder à la facilité. Même si les choses allant de soi se résolvent par elles-mêmes, se disait-il, voler à leur secours apporte plus de satisfaction et de gloire que d'échouer en voulant surmonter un obstacle infranchissable.

Les parties inatteignables de mon dos, songeait-il en essayant de les savonner, semblent posséder les qualités hygiéniques d'un four autonettoyant Moulinex. Cependant, si la nature, dans sa grande prévoyance, pourvoit à l'hygiène de certaines parties du corps en corrigeant l'imparfaite souplesse et l'approximatif rapport de proportion de ses créatures, cela n'explique pas pourquoi elle délaisse des zones parfaitement accessibles. Par exemple, l'envers de mes genoux, ou bien encore mes coudes, parfois abandonnés au profit de zones inaccessibles pour lesquelles l'esprit trouve des solutions surprenantes. De ce point de vue, l'esprit comme produit de la nature laissée à son libre-arbitre comporte des faiblesses navrantes. C'est pourquoi les idéalistes sont des personnes négligentes qui ne parviennent à rien, ni dans un sens ni dans l'autre. Cette dernière remarque peut sembler obscure, mais je me comprends. Il y a des arguments que la rigueur d'une pensée ne peut révéler sans se contredire. La simple honnêteté intellectuelle m'interdit de m'attribuer les mérites de la nature sans pour autant être responsable de ses défauts. Me comprendre est le minimum requis pour conduire mon existence, mais je dois dire à quoi je fais allusion lorsque j'évoque mon dos, mes coudes, l'arrière de mes genoux : je me tourne résolument vers l'avenir en laissant derrière moi le passé. Je le dis avec pudeur dans un contexte humainement délicat en raison de l'accumulation, due à la génération arrivée à maturité du baby boum d'après guerre, des vieux défenseurs de jeunes. Ils se rasent la calvitie pour faire croire qu'ils possèderaient encore suffisamment de cheveux s'ils les laissaient pousser ou se les teignaient, se les coupaient à la garçonne, se faisaient des nattes, les portaient longs pour signifier qu'ils sont d'anciens jeunes et que ce titre suffit à les dispenser de celui de nouveaux vieux. Je peux observer alors sans mal comment la raison remédie aux défauts de la nature et comment elle prépare la jeunesse actuelle à prendre en main son avenir.

Après s'être habillé, Marcel se rendit au centre commercial pour boire un café. Il était en retard sur ses habitudes, l'inconnue était partie depuis longtemps et l'horoscope du jour avait déjà été diffusé par les haut-parleurs. Celui du centre était plus optimiste que celui du journal ; il donnait envie de tout acheter. Le serveur lui fit remarquer que la dernière fois, il n'avait pas payé son café.

– C'était à cause de la vitesse de la lumière qui avait diminué, lui dit Marcel, et il expliqua devant son air incrédule : on a noté dernièrement une infime variation d'une constante fondamentale dite de structure fine qui mesure l'interaction des photons de lumière avec des particules "chargées" comme les électrons.

– Et alors ?

– Soit la charge de l'électron a augmenté avec le temps, soit la vitesse de la lumière a décru. L'électron ne peut être en cause car il s'agirait d'une violation de la deuxième loi de la thermodynamique : on n'a rien pour rien.

– Quel rapport avec ton café ?

– Je veux prouver que l'on peut avoir quelque chose pour rien.

La teneur politiquement correcte des articles du journal laissa Marcel perplexe. Je ne peux souligner les dangers de la libre entreprise sans passer pour un gauchiste, se disait-il. Je ne peux m'inquiéter de la mainmise du marché de l'art sur l'activité artistique sans passer pour un ringard. Je ne peux porter la moindre critique sur l'art contemporain sans passer pour un réactionnaire. Je ne peux émettre le moindre soupçon sur le bien-fondé de la politique américaine sans passer pour un anti-américain primaire. Je ne peux suggérer que la misère grandissante du monde est le produit du capitalisme sans passer pour un terroriste. Je ne peux faire la moindre réserve sur la politique israélienne sans passer pour un antisémite. Je ne peux donner mon opinion sur le voile islamique sans passer pour un islamophobe. Je ne peux être en désaccord avec moi sans être contre moi.

Le jour où j'ai compris que maintenant ce n'était plus comme avant, ma conscience du monde s'est transformée considérablement, et inversement.

J'ai atteint l'âge adulte et j'approche de la retraite sans nostalgie apparente ; avant c'était bien, maintenant c'est pas mal, après ce sera mieux. Je voudrais simplement avoir encore le temps de vivre longtemps, j'ai trop de choses à faire. Un jour viendra où il ne m'en restera plus qu'une à exécuter.

Dans mon esprit, deux conceptions de l'avenir s'affrontent : la mienne et celle des autres. Cependant, lorsque je songe à l'avenir, j'éprouve du chagrin. Pas pour le mien mais pour celui des autres dans lequel je ne serai pas.

Un jour, j'ai photographié une épave de bateau en Chine ; après l'avoir rentrée dans mon ordinateur sur *Photoshop*, je l'ai placée dans une chaloupe que j'avais photographiée en Amérique du Sud, puis j'ai déposé le tout sur une autre image, en plein milieu du Sahara. Ensuite je n'ai pas su quoi faire.

Marcel plia son journal, se leva résolument et partit encore sans payer son café. Il se rendit sans détour à l'usine expliquer en assemblée générale que la France entrait par la porte de service dans l'ère de l'impérialisme, le stade suprême du capitalisme.

CHAPITRE 20

LA CAUSE (du peuple)

Édouard distribuait des tracts à la grille de l'usine. Il exposa son nouveau plan à Marcel qui le trouva plus réaliste que le précédent en dépit d'une mise en œuvre délicate. N'étant pas des profanateurs de tombes, ils ne voulaient commettre aucun sacrilège.

– Nous pourrions envisager l'opération d'un point de vue anthropologique et ethnographique en prenant modèle sur les expéditions organisées dans le tiers-monde.

– Il faudrait alors trouver un sujet de recherche.

– J'ai accumulé énormément d'informations concernant l'égalité des races, l'unité de l'homo sapiens sapiens, la valeur universelle de certains principes et les symboles qui les représentent.

– Depuis le temps que tu fais des recherches et que tu prends des notes, tu pourrais rédiger une thèse.

– Pourquoi ne pas m'adresser au C.N.R.S. ? J'ai un projet de recherche étayé par un important dossier, je dois même pouvoir faire une demande de subvention.

– Pourquoi pas, si le C.N.R.S. n'est pas intéressé, il y a la D.R.A.C., tu pourrais demander une bourse "FIACRE" ou la "Villa Médicis hors les murs", là, je peux t'aider, trouver le bon piston. Il faudrait, bien entendu, rédiger le projet autrement.

– Mais je ne suis pas artiste !

– Tes recherches et ton projet pourraient se rattacher à plusieurs tendances importantes de l'art contemporain.

Ils convinrent de se retrouver le lendemain, les syndicats appelaient à une grève d'avertissement de 24 heures, ils auraient le temps d'étudier la question.

Marcel rejoignit son poste de travail. Une certaine tension était perceptible dans les ateliers. On entendait des propos acerbes contre les hommes politiques qui ne s'opposaient pas aux fermetures d'usines et aux déménagements de machines le week-end. Les ouvriers se retrouvaient devant la porte close de l'entreprise vide le lundi matin. Les élus du peuple se plaignaient de l'insécurité due à la recrudescence des vols de sacs à main dans les villes et glorifiaient les vertus de l'esprit de compétition qui poussaient les entreprises à se délocaliser tout en déplorant l'augmentation du chômage ; pour y remédier ils n'hésitaient pas à faire embaucher les membres de leur famille dans les ministères et les conseils régionaux. La violence des rapports sociaux apparaissait sans fard, elle suintait de partout comme par les pores distendus de la peau d'un bodybulder.

Marcel n'avait que l'embarras du choix dans les sujets de réflexion qui s'offraient à lui. Le premier qui lui vint à l'esprit fut le bon. Aussitôt, l'automatisme des gestes et les vapeurs de l'étain accompagnèrent le développement de sa pensée comme un orchestre le ferait pour un chanteur.

Je suis très inquiet, se disait-il, l'emploi de la violence comme moyen de communication est un mauvais exemple pour la population laborieuse de ce pays. Les marques d'incivisme se multiplient, je brûle les feux rouges, mon chien se soulage au milieu du trottoir ; je ne compte plus les délits que je commets sans y penser.

Le convoyeur de la chaîne s'était arrêté sans que Marcel ne s'en soit rendu compte. Des ouvrières avaient quitté leur poste et s'étaient regroupées un peu plus loin. Excédées par les informations contradictoires qu'on leur donnait sur le sort de l'usine, elles se mettaient en grève sans attendre le lendemain. Marcel mit à profit cette interruption pour préparer son exposition avec Jacqueline.

Le lendemain matin, Marcel vint au centre commercial dès l'ouverture. L'horoscope du jour lui était toujours aussi favorable. La femme qui lisait le supplément littéraire du *Monde* avec son panier de légumes était déjà assise devant son café. Les yeux dans le vague, elle ne le vit pas arriver. Le serveur lui fit remarquer qu'hier il était de nouveau parti sans payer.

Le journal faisait état de la situation chez Moulinex et de l'agitation qui régnait dans toute la région. Un article sur la délinquance attira son attention. Son auteur avançait l'hypothèse suivante : aider les pays sans ressources financières à s'enrichir ne réduira jamais la délinquance liée à la pauvreté. Il y avait, semblait-il, considérablement plus de voitures volées dans les pays riches que dans les pauvres.

En voulant élever le niveau de vie des pays pauvres on accroissait considérablement leur parc automobile et par conséquent le vol de voitures augmentait. Il en allait ainsi pour les autos radios, les chaînes hi fi, les téléviseurs, l'argent et d'une manière générale, pour tout ce que l'on trouvait en abondance chez les uns et plus rarement ou en mauvais état chez les autres.

Marcel demanda au serveur de lui faire crédit jusqu'au lendemain. Perdu dans ses pensées il regagna l'usine, où la grève se préparait. Il ne vit pas la femme qui était demeurée à sa place et le regardait s'en aller. En chemin, il se dit que les grands moments font les grandes causes, et inversement. La piété et la charité produisent des comportements cruels ; les plus démunis n'ont pas les moyens de faire le bien autour d'eux. Le salut du libéralisme dépend du malheur d'autrui. Le représentant d'un peuple dévot est un tyran domestique qui entretient un feu nucléaire dans sa vielle cuisinière à charbon et conserve des flacons de maladies contagieuses dans sa pharmacie. Il est heureux que par-delà ces considérations, on ne puisse différencier véritablement le progrès de la régression portés par les sociétés contemporaines, modernes ou traditionnelles. Cela contribue à ramener la paix civile dans le monde en gommant les inégalités sociales par-delà les frontières, les régimes politiques et les croyances religieuses. Les gens du monde finissent toujours par s'entendre, songea-t-il encore. Voir des choses qui n'existent pas et que nous observons malgré tout pour nous distraire, ou que l'on ne perçoit plus ou faussement pour s'en être occupé exagérément, permet progressivement à l'avenir d'exister. Par exemple, nous nous inquiétons de l'influence de la conjoncture sur la vente des fours à micro-ondes, des ordinateurs ou des œuvres d'art. La stagnation des transactions est-elle une réaction naturelle après l'euphorie excessive du marché, ou bien les investisseurs se sont-ils délibérément tournés vers une économie de guerre ? Une fois la concurrence éliminée, le capitalisme doit désigner son nouvel adversaire : une partie de lui-même provisoirement devenue nuisible. Il traque alors l'ennemi intérieur comme s'il cherchait des poux sur le crâne d'un chauve et les manifestations poétiques de l'âme s'enfoncent dangereusement dans le ventre mou de l'unité nationale.

Chapitre 21

STALINE

En arrivant à l'usine, Marcel se retrouva au milieu de la grève. Depuis une semaine, la production était fortement ralentie. L'incrédulité qui avait régné au cours de ces derniers mois laissait place à la colère. La grève était là sans même que Marcel se soit rendu compte à quel point elle était brutale et désespérée. Ce n'était pas une grève portée par l'enthousiasme d'une issue heureuse, d'une victoire partielle possible, par un élan de solidarité fraternel qui laisserait une impression chaleureuse au cœur de chacun. Aucune illusion sur un monde meilleur n'occupait les esprits. "*NON AUX LICENCIEMENTS ET À LA FERMETURE DU SITE, NON AU PLAN DE RESTRUCTURATION*", demeuraient, bien entendu, les mots d'ordre syndicaux, mais l'on négociait en même temps le nombre de licenciements, un plan social et des indemnités de départ. L'obtention éventuelle de ces revendications représentait déjà une défaite. La confusion qui régnait jusqu'à présent avait laissé en chacun l'espoir de se réveiller d'un mauvais rêve. Personne ne pouvait croire qu'une telle chose puisse se produire ; une entreprise qui s'était donné pour mission de libérer la femme ne pouvait se conduire ainsi, les ouvrières réalisaient que derrière les actions boursières, on ne les voyait pas, elles n'existaient tout simplement plus. Certaines regrettaient presque le bon temps du paternalisme, le temps ou le patron descendait dans les ateliers et les appelait par leur nom. Maintenant, les financiers jouaient au Monopoly dans leur bureau, des ordres en temps réel étaient passés sur les ordinateurs portables. Pourtant, se disait Marcel, l'ordinateur est une machine communicante bourrée jusqu'à la gueule de logiciels conviviaux, créatifs. Avec quelle absolue liberté ces nouveaux adeptes du paternalisme cybernétique, abrités derrière un clavier, sous le couvert d'une intelligence numérique neutre, conduisaient une guerre, jouaient en bourse le sort de milliers d'ouvriers et réglaient la vie de la planète. Ils allaient plus vite que la musique, plus vite que la lumière. Ces fantômes de la communication revendiquaient une place auprès des anges, dans le cyberespace. Le monde de la finance était un monde virtuel infantile et cruel.

La grève était apparue comme la conscience d'un avenir irrévocable. Elle se développait sur la base d'une défaite annoncée. Le capitalisme apparaissait dans toute son horreur, et sa puissance dévastatrice emportait les illusions réformistes dans le torrent de boue qu'elles avaient contribué à maquiller. Croire aux miracles aurait été plus réaliste. L'incrédulité, la rage et la colère submergeaient les ouvriers. Le désespoir, les larmes, la résignation et la dépression viendraient plus tard. Ils iront avant manifester dans les rues factices du centre commercial, devant les banques, sur les autoroutes, dans les rues de la ville la nuit. Ils allumeront des feux aux quatre coins du site.

Édouard et Marcel seraient de toutes les actions. S'ils perdaient leur emploi, le projet d'Édouard se trouvait compromis. L'ensemble des ouvriers de Moulinex voyait ses projets de vie tomber à l'eau. Celui d'Edouard se distinguait par son originalité nostalgique qui exprimait le besoin de transmettre des idées généreuses au monde futur.

Le piquet de grève s'organisait, des équipes de nuit et de jour se relayaient pour assurer une permanence devant l'usine. D'autres partaient distribuer des tracts et mener des actions spectaculaires sur l'autoroute ou devant la préfecture. Ils brûlèrent des pneus aux carrefours des rues et dispersèrent des carcasses de fours à micro-ondes devant les bâtiments du conseil régional au petit matin.

En rentrant chez lui un après-midi pour se reposer, Édouard trouva un message de l'hôpital psychiatrique sur son répondeur. Staline était mort à la suite d'une intoxication alimentaire. L'infirmier qui en avait assez de goûter les plats de Staline s'il voulait le voir manger, développait une théorie opposée à celle des médecins de l'hôpital, trop laxiste à son goût. Sa méthode consistait à renforcer les angoisses du patient, à confirmer ses appréhensions, de manière à provoquer chez lui une réaction. Si une crainte imaginaire se concrétisait, le malade subissait un choc salutaire. Soit il regardait la réalité en face et réagissait en conséquence, soit il se réfugiait dans une autre phobie et introduisait un peu de variété dans son existence. Dans les deux cas, il avait constaté une amélioration de l'état du patient. Il fit donc selon son idée. Durant le week-end, il avait cuisiné un champignon nocif mais pas mortel. Incorporée au ragoût de Staline, qu'il goûta pour le rassurer le lendemain midi, la médecine fit son effet. L'infirmier fut à peine malade. Staline mangea de bon appétit sa pleine assiette. Pris d'une crise de vomissement alors qu'il était allongé sur son lit, il régurgita les aliments et périt étouffé. Dans son esprit affolé l'image de ses ennemis l'assaillait.

Staline reposait à la morgue de l'hôpital. On aurait dit un gisant de cire noire. Sa peau glacée ne se réchauffait pas sous la main d'Édouard. Ses fantômes l'avaient abandonné. Édouard espérait qu'ils ne viendraient pas le hanter. Il pleura. Il aimait son frère.

Il signa des papiers, l'hôpital s'occupait des formalités. Il rentra chez lui et commença à rassembler les documents pour le C.N.R.S., le temps lui avait manqué jusqu'à présent.

CHAPITRE 22

MARTINE

Martine venait tout juste d'avoir quarante ans. Elle désespérait de rencontrer l'homme de sa vie et d'avoir un enfant. En ce qui concernait l'enfant, elle se disait qu'il était trop tard, mais elle avait trouvé l'homme de sa vie. C'était Édouard. Lorsqu'il sonna à sa porte le matin, elle s'apprêtait à partir pour le centre commercial. Il portait un gros dossier sous le bras et lui apprit d'une voix blanche la mort de Staline.

– Tu viens seulement de t'en rendre compte ? dit-elle en riant.

– Je l'ai su hier, il était mort depuis quelques heures déjà, essaya-t-il de se justifier, bouleversé par sa réaction amusée.

– Mes parents m'ont dit avoir vu leurs parents pleurer ce jour-là. Tu viens discuter de l'abonnement pour le portable ?

Marcel n'avait pas encore eu le temps de raconter à Martine l'histoire de sa famille. Elle ne connaissait pas Staline et croyait qu'il plaisantait. Les discussions concernant les mérites comparés des différents modèles de téléphones portables les avaient occupés jusqu'à présent. Étant donné les circonstances, ils remettraient à plus tard l'étude des abonnements et de leurs avantages en fonction des besoins d'Édouard. Une fois le quiproquo écarté, les histoires de famille pouvaient également attendre. Ils ne s'attardèrent pas et convinrent d'un rendez-vous, le lendemain matin, dans un bar du centre commercial.

Édouard retrouva Marcel à l'entrée de l'usine occupée par un piquet de grève auquel ils se joignirent. Il l'informa du décès de son frère. Les obsèques auraient lieu le surlendemain.

– Trotski et Lénine viendront ? s'informa Marcel.

– Trotski est injoignable et Lénine ne peut se déplacer en raison de son état de santé.

Le piquet de grève s'organisait, on établissait des tours de garde, tandis qu'un groupe partait distribuer des tracts en ville. Les ouvrières qui avaient débrayé la veille étaient là avec une partie de l'équipe de nuit et de celle du matin qui les avait rejointes. Marcel découvrait la grève comme s'il était demeuré longtemps sous l'eau et qu'il en émergeât soudainement. Un monde nouveau lui apparaissait aussi précis qu'un paysage après la pluie.

Édouard et Marcel s'étaient mis à l'écart pour s'entretenir de leur projet et de la situation qui risquait de le compromettre. Le choix qu'ils avaient fait d'être salariés dans une entreprise pour financer ce qui était devenu un second métier pour l'un et un engagement artistique pour l'autre, supposait une conscience politique qui les rendait doublement responsables de leur place dans le conflit. La disparition de leurs revenus se profilait à l'horizon. Ils envisageaient sérieusement la recherche d'une subvention et d'une caution scientifique pour mener à bien le projet d'Édouard. Cette éventualité incitait Marcel à redevenir, de manière plus classique, artiste à plein temps plus tôt qu'il ne l'avait prévu. L'intérêt qu'il portait au projet d'Édouard donnait au concept de “résidence”, qui justifiait sa relation au centre d'art pour travailler comme ouvrier chez Moulinex, un véritable contenu, du moins réinterrogeait l'engagement artistique de l'artiste. La condition ouvrière favorisait les œuvres collectives et un anonymat artistique, sinon quasiment médiéval, du moins généreux. Il se chargerait de rédiger la note d'intention du projet pour la D.R.A.C., Édouard s'occuperait du C.N.R.S. et ils se verraient le lendemain matin au bar du centre commercial de Marcel où Édouard devait retrouver Martine. Cela tombait bien, il la lui présenterait. Le dossier qu'Édouard avait constitué était conséquent, on pouvait en extraire des idées précises et variées. Ces diverses approches de la connaissance pouvaient êtres mêlées au sein d'un même projet, envisagé, suivant le cas, du point de vue de l'anthropologie, de la sociologie, de la muséologie ou de l'art. Il pourrait même, selon Édouard, le traiter sous l'angle de la lutte des classes. Marcel objecta que le Ministère de la Culture y serait hostile, à moins de l'aborder par le biais de la fracture sociale, mais il valait mieux éviter de mettre en concurrence le Ministère de la Culture avec celui des Affaires Sociales.

Au cours de la journée, ils prirent des notes dans les moments d'accalmie tandis que les syndicats négociaient. Le soir, Édouard retourna à l'hôpital veiller Staline et Marcel assista à un vernissage d'exposition agrémenté d'une performance. Des œuvres mécaniques et électroniques interactives qui fonctionnaient mal étaient présentées dans plusieurs salles d'exposition : on aurait dit les convoyeurs en panne de l'usine. L'univers industriel influençait les artistes de la région.

Une jeune femme en bikini lisait un texte insipide d'une voix monocorde pendant qu'un homme rampait à ses pieds, lui léchait les jambes, se tortillait autour d'elle et la touchait comme s'il ne pouvait pas l'atteindre. Une fois sa lecture terminée, elle commença à se contorsionner au milieu des spectateurs en se vautrant par terre. Au bout d'un moment, elle ne sut plus trop quoi faire. L'homme s'était déshabillé. Il portait un string qu'il tenait pudiquement coincé entre ses fesses, et s'était mis à chanter sur un air de rock contemporain endiablé, en se déhanchant de manière grotesque. La prestation s'éternisait, à la fin, les deux artistes semblaient embarrassés et cherchaient visiblement un moyen honorable de s'arrêter.

– Bon c'est fini, merci, dit soudain l'homme après un dernier hurlement, et ils allèrent se rhabiller.

La foule se dispersa pour rejoindre le buffet. Chacun chercha un interlocuteur valable pour sa carrière.

– C'était vachement… Leur travail gagne en intensité, surtout la manière dont ils terminent la performance, fit remarquer la conseillère artistique régionale à Marcel.

– Oui, c'est vraiment gonflé…

– C'est rafraîchissant de voir des artistes aller jusqu'au bout de leur propos avec cette simplicité juvénile…

– Pour ma part, je n'aurais même pas osé commencer une telle prestation, alors… Aller jusqu'au bout…, dit modestement Marcel qui commençait à se sentir vieux.

La conseillère l'informa que s'il voulait tout de même déposer une demande d'aide à la création, il ne lui restait plus que quelques jours pour le faire. Comme le directeur de Moulinex s'approchait d'eux, il s'éloigna pour éviter de lui serrer la main. La remarque d'Édouard à propos de la collaboration de classe l'avait troublé, il se rendait compte dans sa position, que l'idéologie libérale était maintenant solidement implantée dans le monde artistique. Il y avait quelques temps, son patron avait acquis l'une de ses œuvres en salle des ventes.

– Tiens, j'ai une de vos œuvres dans ma collection, avait-il annoncé à Marcel sur son poste de travail, lors d'une visite d'inspection à l'usine.

Marcel laissa croire à ses camarades que le patron avait fait de l'humour à propos d'un four à micro-onde.

– Il aurait pu aussi bien s'adresser à nous, il s'agit d'une œuvre collective après tout, fit remarquer Jacqueline un peu vexée.

Le directeur de la Banque de Paris et des Pays-Bas, accompagné de quelques autres actionnaires de Moulinex, s'était mêlé incognito au vernissage. Dans leur vie privée, ces hommes d'affaires étaient également des hommes de culture et possédaient un immense savoir-faire concernant les relations sociales et les ressources humaines.

En rentrant chez lui, Marcel se disait que l'on ne fait pas le bien sans mal. Seuls les esprits que n'effraient pas les sacrifices peuvent entrevoir une fin heureuse à ces contradictions. Les autres se contentent de voir leur intérêt immédiat ; après moi le déluge ! Mais ce bien-être passager est illusoire, il se consomme en pure perte et grève l'avenir comme un budget entamé par un crédit excessif. En ne considérant, par exemple, que l'inégalité économique et en proposant de la réduire dans les plus courts délais, le riche et le pauvre seront certes aussi peu riches et aussi peu pauvres l'un que l'autre, mais justement. Aucun moteur ne les entraînant plus à conserver leurs biens, ils finiront par se faire du mal sans le savoir. Ce sont des ignorants ! poursuivit-il chemin faisant. Les disparités, les rancœurs et le besoin naturel de se distinguer, un moment assoupi, se réveilleront avec d'autant plus de vigueur qu'il faudra prendre de distance les uns avec les autres. Mêmes les communautés d'intérêts, pourtant surpuissantes, n'y pourront rien. L'attrait du pouvoir, le pouvoir tenu entre toutes les mains, entre quelques-unes ou tenu par une seule, conduira uniformément la société à sa perte. La justice est au prix des inégalités. De ma capacité à convaincre mes semblables dépend mon salut. Il me faut du temps pour y parvenir, se dit encore Marcel en approchant de son studio, en attendant chacun en profite à mes dépends. Le temps dépend de la vitesse de la lumière, du retard de la SNCF, du moteur à explosion, des ondes électromagnétiques, de la solidité de mon tendon d'Achille, de la pression atmosphérique ; il est relatif. La relativité produit des malentendus. On entend mal ce que je dis ; pourtant je me donne un mal de chien pour me faire comprendre, conclut enfin Marcel en ouvrant sa porte.

Il écrivit le projet pour la D.R.A.C., dans lequel il proposait, à travers une performance mélancolique, de réaliser une installation vue sous l'angle d'une nature morte et se coucha.

En arrivant au centre commercial, le lendemain matin, il aperçut Édouard en compagnie de Martine. C'était la femme rêveuse qu'il voyait chaque matin. Il lui demanda pourquoi, une fois par semaine, elle lisait le *Monde des livres* avec un cabas de légumes à ses côtés. Elle lui expliqua que le journal paraissait le jour de l'approvisionnement du stand de légumes écologiques. Elle faisait ses achats avant de se rendre à son travail. Les légumes attendaient toute la journée dans le magasin de téléphone. Le soir, ils n'étaient plus très frais.

Le serveur rappela sa dette à Marcel tout en le rassurant aussitôt ; il lui en faisait cadeau en signe de solidarité avec les grévistes et tant que la grève durerait, il ne paierait pas son café. C'était une manière subtile de prouver à Marcel qu'il avait tort : on n'avait bien rien pour rien puisqu'il aurait son café pour quelque chose.

CHAPITRE 23

SOUPIÈRE

En dépit de l'absence de Trotski et de Lénine, les obsèques de Staline se déroulèrent avec une solennité particulière due à l'histoire de sa famille maintenant dispersée, mais qui avait marqué les esprits dans l'histoire de la lutte des classes en Basse-Normandie. L'association des anciens résistants envoya une délégation afin d'honorer la mémoire des parents du défunt. On notait, pour les mêmes raisons, la présence d'un représentant du parti communiste français. L'hôpital psychiatrique envoya l'infirmier. Son intoxication légère avait écarté les soupçons relatifs à la prescription d'un traitement, dont les effets secondaires furent fatals à son patient. Son comportement semblait manifester un certain embarras. Il n'avait pu, en raison d'un incident majeur, vérifier la justesse de son hypothèse. Le cuisinier était l'ancien rugbyman de chez Moulinex. Reclassé maintenant à l'hôpital il faisait l'objet d'une enquête. Le comité de grève avait mandaté quelques-unes de ses représentantes. Martine était là et Rose avait fait le voyage depuis Marseille.

Édouard prononça un discours émouvant dans lequel il évoqua l'histoire de la famille, son combat et la manière originale avec laquelle Staline assuma ses responsabilités, en tant que patient, au sein d'un établissement psychiatrique. Les sentiments particuliers qui animaient Édouard, amplifiés par l'atmosphère exaltante de la grève, finirent par donner à ses paroles une tournure enflammée. Il remonta jusqu'au crâne de l'arrière-grand-père, puis l'émotion le submergea et il se tut en réprimant son chagrin. Martine vint alors lui prendre la main pour le ramener à sa place, tandis que l'employé des pompes funèbres enclenchait la cassette de musique qu'Édouard avait sélectionnée pour la circonstance. Le “Chant des partisans”. En italien. Derrière le corbillard qui les conduisait au cimetière, Marcel lui demanda pourquoi il avait choisi une version italienne.

– J'ai eu du mal à la trouver… Je désirais une version dans une langue africaine, mais elle n'existait pas… Je voulais une interprétation dans une langue étrangère pour montrer que mon frère était un descendant d'immigrés qui s'étaient battus pour la République Française…

Ils avançaient silencieusement une rose rouge à la main et Marcel se demandait à quoi il pourrait bien songer en une telle circonstance. Il connaissait à peine Staline. Manifester simplement sa compassion envers Édouard lui remplissait bien l'esprit, mais ce genre de cérémonie imposait le silence et le recueillement. Chacun était envahi par une grande solitude et tout était bon pour combler ce vide. Marcel redoutait ce genre de situation, où penser n'importe quoi pour se donner une contenance lui embarrassait l'esprit de choses qui n'avaient aucune raison d'être, surtout dans un enterrement.

Si j'étais gynécologue à quoi penserais-je ? se disait-il pour être positif. Me mettre à la place de quelqu'un d'autre, surtout s'il est gynécologue, ouvre des perspectives optimistes. Le temps de m'habituer à mon nouveau métier, d'en maîtriser le savoir-faire et je sais aussitôt à quoi penser. Le résultat est d'autant plus probant qu'à l'origine, je n'y entends strictement rien. Même si à l'arrivée je n'en sais pas plus, du moins ce n'est pas comme ces savants qui en savent de moins en moins à mesure qu'ils étudient un problème insoluble. Si j'étais gynécologue, Italien par exemple, pour introduire plus de fantaisie dans ma proposition, je m'intéresserais certainement au clonage humain, Staline pourrait être de nouveau parmi nous. J'aurais déjà procédé à de nombreuses expériences qui aboutiraient bientôt ; mon premier bébé cloné naîtrait au mois de décembre. Le 24 à minuit. Je reconnais modestement ne pas être le premier qui obtiendrait des résultats dans ce domaine. La recherche sur le clonage à des fins militaires, politiques et religieuses a été conduite avec succès, dans le plus grand secret jusqu'à présent, bien que chacun puisse en constater les effets. Ben Laden aurait neuf sosies, le président Irakien cinq, l'Américain deux, les présidents Russe, Chinois, Palestinien, Israélien et Italien je l'ignore, la doublure du Français serait une femme. Celle du Pape règne à sa place.

L'information concernant la France est surprenante, mais on reconnaît bien là l'exception française, son côté pétillant et féministe l'emporte sur tout autre considération. Si je m'implique de cette manière, ce n'est pas pour accéder à la vie éternelle qui m'est acquise depuis toujours. Mon ambition est de soigner l'âme blessée des hommes et des femmes stériles qui peuvent ainsi se reproduire et trouver des débouchés pour l'économie mondiale malade. En pouvant se racheter soi-même en un nombre d'exemplaires illimités, chacun sera en mesure de réguler le marché en fonction des besoins, tant militaires, industriels que religieux. L'homme entreprenant se multipliera pour avoir autant d'ouvriers qu'il lui faudra. L'ouvrier en fera autant pour s'envoyer travailler à sa place si ça lui chante, tandis que lui-même passera la journée à la pêche. Le pêcheur se multipliera et se déploiera sur le bord des rivières. En cas de chômage, on supprimera le personnel excédentaire sachant qu'on le fera renaître à la première occasion. On voit de part et d'autre les avantages si je dois me déclarer la guerre. Pour la vie intellectuelle, familiale, amoureuse, je suis libre d'imaginer tous les développements possibles. L'offre et la demande redynamisées par la création de besoins nouveaux seront aussi parfaitement équilibrées que lorsque je fais à la fois les demandes et les réponses. Brider l'inspiration scientifique par des considérations morales met en relief le caractère morbide de la société qui s'organise autour du vieillissement et de la mort inéluctable de l'individu. Tenir l'humanité dans cet état d'esprit favorise le gaspillage, la prolifération anarchique des biens de consommation, notamment dans les pays pauvres et par voie de conséquence, comme je m'en suis déjà expliqué, entretient la délinquance.

Quand je pense, poursuivait Marcel maintenant tout à son affaire, à ce que coûte en soins improductifs la vieillesse, j'en suis malade, ce qui n'arrange ni mon état de santé, ni mon portefeuille, ni celui de la sécurité sociale et du contribuable. Viennent ensuite les frais d'obsèques, de succession, de déménagement, sans parler des frais annexes, des vêtements du défunt, souvent en bon état dont on se débarrasse. Pourquoi ne pas décider au mieux de ma forme de me faire cloner, de disparaître sans autre forme de procès au profit de mon nouveau moi qui endosserait mes vêtements et prendrait naturellement possession de tous mes biens. Je fonctionnerais aussi parfaitement qu'une voiture changée chaque année.

Cependant, récupérer ainsi son intégrité originelle réclamerait d'autant plus de vigilance qu'elle risquerait d'être amoindrie par l'ambition exorbitante de celui-là même qui vise à s'en montrer digne. La société invoque le bonheur collectif ; l'individu pense au sien. Il convient donc de canaliser le mouvement général de l'humanité, on doit prévoir sa trajectoire afin qu'elle vienne remplir un récipient sans déborder : voici ma théorie servie dans une soupière fumante.

Le cortège funèbre s'immobilisa. Marcel s'avança de quelques pas. La rose rouge prolongea le geste lent de sa main et tomba dans la fosse.

CHAPITRE 24

BONHEUR

Le conflit s'étendait à d'autres unités de production de l'entreprise situées dans la région. Des pneus brûlaient à l'entrée des sites, une fumée noire s'élevait lourdement, les piquets de grève ressemblaient à une foule désemparée après un bombardement. Édouard avait finalement choisi un modèle de téléphone portable qui lui convenait. Le projet destiné à la D.R.A.C. avait été déposé et ils décidèrent de se rendre à Paris pour remettre le second au C.N.R.S.. Martine prit une journée de congé et les accompagna avec Rose qui prolongeait son séjour. En dépit des tensions et de l'inquiétude, la grève donnait à Édouard et Marcel un sentiment de liberté qu'ils avaient rarement éprouvé. Ils partirent de bonne heure en voiture après leur tour de garde à l'usine où ils avaient dormi sur des lits de camp.

Marcel conduisait en ayant l'impression de suivre le bord du paysage. Ses compagnons somnolaient. Un arbre planté au sommet d'une colline se détachait sur le ciel à contre-jour du soleil levant. Une plaine vallonnée s'étendait à perte de vue. La ligne d'horizon semblait s'arrêter au bord d'un gouffre. La terre retournée par les labours prenait des couleurs brunes, ocres et blanches qui se répandaient en larges nappes suivant la nature changeante du sol, recouvert par endroits de jeunes pousses vertes.

Une fois arrivés à Paris, ils s'arrêtèrent dans un bar pour prendre un petit-déjeuner et chercher l'adresse du C.N.R.S. dans le bottin. Cette institution était constituée d'une multitude de laboratoires dispersés dans Paris et en province. Il s'agissait de trouver lequel était compétent pour traiter leur demande. Après plusieurs essais infructueux par téléphone, on finit par leur indiquer le Centre de Documentation en Sciences Sociales qui pourrait sans doute mieux les orienter. Leur interlocuteur les avait informés sur un ton plus amusé que les précédents. Le suivant manifesta carrément sa bonne humeur. Après qu'il eût cherché à savoir s'il s'agissait d'un jeu radiophonique, il leur conseilla de s'adresser au musée de l'Homme qui pourrait être intéressé par leur projet.

– Ils ne nous prennent pas au sérieux, réalisa soudain Édouard d'un air dépité.

Marcel, qui avait l'habitude dans le domaine des arts, l'encouragea à persévérer. Les deux femmes surenchérirent en lui disant que s'il avait le courage de poursuivre la grève chez Moulinex alors qu'il n'y avait plus aucun espoir, ce n'était pas ça qui allait l'arrêter. Piqué au vif, il les entraîna au musée de l'Homme.

Ne sachant comment s'y prendre une fois sur place, ils achetèrent des billets d'entrée et visitèrent les collections. La plus grande partie du musée était consacrée à une exposition sur Tintin et Milou chez les Aztèques. Ils se promenèrent, émerveillés, dans un décor de bande dessinée en trois dimensions représentant l'univers ethnographique du héros de cette aventure. Une telle ouverture d'esprit encouragea Édouard dans sa démarche.

Une fois sortis de l'espace Tintin, ils tombèrent en arrêt devant une vitrine dans laquelle trônait le crâne de Descartes, l'homme de Touraine, philosophe, 353 ans, présenté sur une étagère. Dépourvu de mandibule, il reposait simplement sur ses dents supérieures. Il était entouré du crâne de l'homme de Qafzeh âgé de 100 000 ans, ancêtre direct des 6 milliards d'hommes actuels, originaire du Moyen-orient, de celui de l'homme de Cromagnon, le premier immigré de France, sans doute également originaire du Moyen-Orient, âgé de 40 000 ans, de celui de l'homme de Villeneuve-la-Guyard, l'un des premiers paysans français, âgé de 7000 ans.

– Il ne manque plus que le crâne de Tintin, dit Rose.

– Vous avez vu comme le crâne de Descartes est petit, fit remarquer Martine, au moins, il n'avait pas la grosse tête.

– Le penseur qui poursuit l'ambition de devenir un gros légume a un petit pois dans la tête, affirma Rose d'un air sentencieux.

En cherchant où se trouvait l'administration, ils avisèrent un gardien et une discussion s'engagea. De fil en aiguille, le gardien apprit qu'ils étaient de chez Moulinex en grève et appartenaient au même syndicat que lui. Du coup, lorsqu'il sut le but de leur visite, il les guida, dans un élan de solidarité, jusqu'à l'administration et les aida à déposer leur dossier au secrétariat du musée à l'attention de son directeur. En sortant, ils allèrent déjeuner chez "Chartier" près des Grands Boulevards et mangèrent des œufs mimosa. C'était probablement le dernier endroit en France où l'on en servait encore. Ils visitèrent ensuite le musée Grévin voisin avant de repartir. Ils furent très impressionnés par les mannequins de Zidane, de Sartre et du Général de Gaulle, puis ils reprirent l'autoroute. La grève les attendait.

En sortant de Paris, ils longèrent l'île Seguin. Les travaux avaient commencé pour transformer l'usine Renault désaffectée en centre d'art. Cela ouvrait des perspectives pour les bâtiments des usines Moulinex. Mais ils convinrent qu'il ne fallait pas entretenir de faux espoirs en matière culturelle.

Ils étaient heureux de leur journée et le manifestèrent en riant de bon cœur à chacune de leurs évocations des derniers événements. La nuit commençait à tomber, ils s'assoupirent, sauf Marcel qui conduisait. Le sentiment de bonheur qu'il éprouvait le tenait éveillé. Le bonheur d'être heureux échappe à toute notion de justice, se disait-il. On ne peut faire dépendre le bonheur comme finalité de toute action humaine du mérite de pouvoir y accéder. Des gens sont heureux qui ne le méritent pas et d'autres qui devraient l'être ne le seront jamais. Voilà bien la preuve que le bonheur vient d'une disposition naturelle plus que des conditions matérielles dont on voudrait le voir dépendre. J'ajouterai que le bonheur ne réclame aucune vertu particulière puisque certains qui n'en possèdent aucune ne se portent pas plus mal que d'autres qui en ont autant qu'un Saint puisse espérer. Du reste on ne peut être vertueux et reprocher à une personne injustement heureuse de l'être sans se déjuger lamentablement.

Du coup il rata la bretelle de sortie de l'autoroute.

CHAPITRE 25

OBSCURITÉ

La décision était prise, l'usine fermait. Les premières lettres de licenciement arrivaient discrètement par la poste. L'expéditeur s'était transformé en une sorte d'ordonnateur des pompes funèbres dont l'observance de rites immuables donnait une légitimité incontestable à sa besogne. Le destinataire avait beau s'y attendre, son esprit, glacé par l'incompréhension, se vidait de tout autre réalité, comme à l'annonce de la mort brutale d'un être cher.

L'occupation du site se poursuivait pour obtenir des indemnités que personne ne voulait payer. Les négociations promettaient d'êtres longues. Les machines seraient démontées. La sauvegarde de l'outil de travail n'était plus à l'ordre du jour. Fallait-il encore le protéger comme le voulait la tradition, s'en servir de monnaie d'échange, tout faire sauter ? Les avis étaient partagés ; n'avoir plus rien à perdre ne suffisait pas pour mener de telles actions, encore fallait-il croire en leur efficacité. Contrairement aux apparences, un kamikaze pouvait être stupide mais pas désespéré. S'il n'avait pas l'espoir d'attirer, ne fût-ce qu'un peu de compassion ou bien de croire qu'un bien-être paradisiaque viendrait récompenser son geste, l'énergie pour l'exécuter lui ferait défaut.

Les ouvriers nettoyaient comme des automates l'entrée de l'usine qui fermait. Des cendres encore tièdes émergeaient les carcasses métalliques des pneus brûlés. Des ouvrières erraient dans les ateliers. Une chanson nostalgique de Claude François passait en continu sur la sono. "*Ces années là...*"

Plusieurs jours s'écoulèrent durant lesquels Marcel reçut une réponse favorable de la D.R.A.C. pour sa participation au projet d'Édouard. Quant au directeur du musée de l'Homme, il avait renvoyé le dossier à Édouard en lui conseillant de suivre des cours en auditeur libre à l'université. Il ajoutait, puisque Édouard avait indiqué qu'il travaillait chez Moulinex, que s'il cherchait un emploi, étant donné la situation, il lui proposait un poste de gardien au musée de l'Homme. Les connaissances qu'il avait acquises lui permettrait sans doute d'animer des visites guidées. Il faudrait toutefois qu'il s'informât sur les civilisations découvertes par Tintin au cours de ses nombreuses aventures.

Si Édouard et Marcel avaient obtenu la caution artistique avec l'accord de la D.R.A.C., la garantie scientifique, qui leur donnait l'autorité nécessaire pour entreprendre des fouilles, leur faisait défaut. Mais si Édouard acceptait le poste de gardien cela donnerait à leur mission un minimum de justification scientifique. Édouard contacta aussitôt le directeur du musée. Un rendez-vous fut pris. Il bénéficierait d'un stage de reconversion pour compléter sa formation, particulièrement celle concernant la bande dessinée dans l'étude ethnographique, anthropologique, sociologique, muséographique et artistique des civilisations qu'il avait sous estimée jusqu'à présent dans ses recherches.

À cinquante ans passés, Édouard pouvait encore espérer modifier le cours de son existence. Il devrait néanmoins se faire appuyer par son syndicat et attendre que la commission paritaire se réunisse.

Marcel enviait la fraîcheur d'esprit avec laquelle Édouard envisageait une nouvelle existence, assimilait de nouvelles connaissances et se montrait curieux de tout.

Le malheur qui s'abattait sur la classe ouvrière normande épargnait finalement Édouard et Marcel. D'une certaine manière, la situation n'avait jamais été aussi favorable pour mettre leur projet à exécution. Ils étaient libres et n'avaient plus à attendre un congé pour l'entreprendre. Le gouvernement et le patronat se renvoyaient la balle et laissaient pourrir le conflit. Cela pouvait durer longtemps. Ils envisagèrent donc de passer à l'action. Entre la bourse de la D.R.A.C., leurs économies et Rose qui investissait de l'argent dans l'opération, ils avaient largement de quoi la financer. Ils s'absenteraient le temps nécessaire, se tiendraient au courant de l'évolution de la situation et reviendraient de toute urgence, au cas où… Marcel devait toutefois s'occuper de son exposition au M.A.C. qui se tiendrait en dépit des événements. Jacqueline le harcelait.

Dans un premier temps, ils allèrent à Paris afin de permettre à Édouard d'effectuer les démarches pour son embauche au musée de l'Homme. Rose et Martine les accompagnaient. Puis ils décidèrent que les deux femmes resteraient à Paris pour s'occuper des billets d'avion et s'informer, une fois dans le pays, sur les moyens de se rendre chez Lénine. Pendant ce temps, les deux hommes partiraient en expédition à Colombey–les-deux-Églises.

Chapitre 26

PICASSO

Ils montèrent dans le train à la Gare de l'Est pour accomplir la seconde partie du voyage. Après une interminable banlieue suivie de friches industrielles, de bâtiments sordides gagnés par la végétation, les plaines apparurent ; des plaines labourées, plates, nues ou recouvertes d'une herbe naissante, des terres plantées de pylônes électriques à perte de vue, parsemées de mares aux reflets fugitifs, de villages, de châteaux d'eau ; terres vallonnées, bordées de talus, d'une colline et d'un arbre à contre-jour, au sommet d'un champ, avec un ciel sombre, troué par une lumière éclatante qui tombait sur un bâtiment agricole ; terres brunes, ocres, blanches. Terres désertes, gares désertes, champs, jardins et villages déserts, nul chasseur à l'orée des bois. Terres colorées de vert anglais, de vert choux, de vert épinard, entourées de sapins, de silos à grains jaunes, de meules de pailles, de forêts de chênes fauves, de collines, de vallons, de rivières sinueuses, de plaques de neige… Soudain, un énorme tas de pneus noirs, quelques moutons et des poules.

Une agglomération passait au ralenti. Le train s'immobilisa dans le ronronnement de la motrice du T.E.R., qui était un autorail, appelé Micheline, autrefois.

Autrefois Marcel connaissait une Micheline, elle avait les yeux bleus.

– J'ai connu une Micheline, elle avait les yeux bleus, dit-il à Édouard.

– Pourquoi me dis-tu ça ?

– À cause de l'autorail.

– Ah bon !

Ensuite chacun se retourna vers le paysage. Le train s'ébranla, l'odeur écœurante de gasoil s'estompait à mesure qu'il prenait de la vitesse. Alors surgirent, à pleine vitesse, les jardins ouvriers, les entrepôts, les prairies vallonnées, barrées de lignes noires de fumier, parsemées de mares gelées de maisons éventrées, abandonnées, de nappes de brouillard, de labours givrés, de troncs d'arbre empilés et d'un champ de moutons blancs. Après le sommet d'une colline coiffée d'un bosquet noir, au bord d'un village pâle, un iroquois regardait le train passer en baillant suivi d'une étendue de vert épinard et de vert pomme. Une voiture rouge roulait silencieusement au loin.

Ils arrivèrent en gare de Chaumont sous un ciel bas.

Chaumont était la gare la plus proche de Colombey situé à 25 kilomètres à l'ouest. À l'office de tourisme, on les informa qu'il n'y avait aucun autobus pour s'y rendre, à part le car de ramassage scolaire, alors ils louèrent une voiture. Une Picasso. Puis ils entrèrent dans un bar pour faire le point et consulter le plan de la ville et de la région qu'on leur avait donné à l'office, ainsi qu'un dépliant sur Colombey avec la photo de la tombe de de Gaulle. Elle semblait constituée d'une dalle épaisse surmontée d'une croix. Le plafond du bar était si bas et enfumé qu'ils s'installèrent sans attendre à une table. Des hommes ayant passé l'âge de la retraite étaient assis devant des carafes et des verres de vin. Tous les regards se tournèrent vers eux. Le bar était silencieux, ces regards étaient des questions muettes et des commentaires appuyés. Soudain, la voix tonitruante du patron leur demanda de derrière le comptoir ce qu'ils désiraient boire. Ils commandèrent des chocolats pour se réchauffer. Les hommes reprirent leur position face à la carafe et au verre. Ils s'étaient fait leur opinion. Un nègre avec l'accent normand et un blanc avec l'accent du midi qui buvaient du chocolat pour se réchauffer, c'était pour Colombey ; à moins que ce soient des visites pour la prison de Clairvaux, ou des pédés.

Le visage boursouflé, terne ou couperosé des hommes indiquait qu'ils avaient suivi un entraînement intensif tout au long de leur carrière. Le patron, les deux mains solidement appuyées sur le comptoir, surveillait le niveau de vin dans les carafes posées devant chacun de ses clients. Des carafes d'un demi-litre que son regard vigilant incitait à descendre le plus rapidement possible. Mais les consommateurs n'étaient pas pressés. Les avant-bras posés sur la table, la tête baissée vers leur verre, ils semblaient méditer profondément. Chacun occupait une table, sauf à l'une d'elles où ils étaient quatre, devant quatre demi-litre, dont un de blanc. Celui qui buvait du blanc était maigre. Marcel n'en tira aucune conclusion.

Marcel et Édouard adoptèrent inconsciemment la même position devant leur chocolat. Au bout d'un moment, lorsqu'il leur sembla s'être fondus dans l'atmosphère studieuse du bar, ils s'entretinrent à voix basse. Ils décidèrent finalement de se rendre directement à Colombey sans reconnaître préalablement les lieux. Si leur projet était réalisable, ils préféraient le mettre en œuvre sans attendre. En sortant du bar, ils allèrent directement dans un Castorama, à la sortie de la ville. Sur les conseils de Marcel, qui avait travaillé comme tailleur de pierre dans sa jeunesse[1], ils achetèrent, à tout hasard, une barre à mine, quelques outils, trois longueurs de tube et des longueurs de bastings qu'ils se firent couper à un mètre, pour rouler éventuellement la dalle. À mesure qu'ils passaient à l'action, ils ressentaient un certain malaise. Ils y firent allusion en évoquant la malédiction des pharaons, et ce qu'avaient dû ressentir tous ceux qui, en Afrique et ailleurs, avaient accompli ce genre de besogne, il est vrai, pour des raisons scientifiques. Édouard, lui, désirait simplement que les deux grands hommes qu'avaient été son arrière-grand-père et le général de Gaulle, se rejoignent de manière symbolique au sein d'un monument, dédié à la paix et au rapprochement entre les peuples, inauguré au Kenya par Lénine. Quant à la

1. "La beauté moderne"

méthode, elle n'était guère différente de celle employée en Afrique par les Européens. En dépit de la caution artistique et scientifique dont ils pouvaient se prévaloir maintenant, Édouard et Marcel commençaient à se demander si la raison était suffisante pour user des mêmes arguments. À mesure qu'ils roulaient vers Colombey dans leur Picasso de location, c'est ce qu'ils pensaient. Mais ils étaient venus jusque là, alors autant aller visiter les lieux et prendre une décision définitive en connaissance de cause.

Le paysage était vallonné, morcelé par des terres à betterave et à blé (selon le guide) fraîchement labourées, séparées par quelques bosquets. Ce paysage était fait pour la guerre de tranchées. Mais les guerres en rase campagne n'avaient plus cours. Les stratèges préféraient bombarder les villes. Cela faisait des guerres moins héroïques mais plus rentables, et quand le bâtiment va, tout va.

Alors qu'ils ne s'y attendaient pas, ils aperçurent au loin, plantée au sommet d'une colline, la gigantesque croix de Lorraine qui défigurait le paysage. C'était une sainte horreur. Du coup, la Picasso cala.

Cet ancien instrument de torture transformé en symbole religieux avant de devenir l'emblème de la France libre ne possédait aucune valeur artistique. Il ne valait pas la cathédrale de Chartres, même si Marcel ne l'aimait guère, loin s'en fallait.

– Mais tout de même, disait-il, quelle vulgarité de dresser un engin pareil dans un si beau paysage…

Ce n'était pas un monument qui avait la qualité des pyramides, ni même celle d'une construction comme la Tour Eiffel dont l'élégance le disputait encore à la prouesse technique. Ce monument commémoratif n'était pas une œuvre architecturale. Rien d'autre ne venait grandir son ambition qu'elle-même et sa domination formelle sur le paysage. Marcel et Édouard trouvaient cela aussi choquant que si on avait élevé pour un autre héros national, politiquement et religieusement différent, une faucille et un marteau gigantesques, une étoile de David ou tout autre signe d'une autre conception religieuse ou laïque de la liberté.

– Cela tient-il à la taille ? demanda Marcel. Si ce genre de monument ne dépassait pas la hauteur des arbres, il ne me gênerait pas, cela serait du domaine privé, on ne serait pas obligé de le regarder.

– Il faudrait volontairement s'y rendre pour le voir, répondit démocratiquement Édouard.

Selon Marcel, il n'y avait que l'art qui pouvait commémorer et grandir véritablement l'ambition des hommes à travers les siècles. Pour le reste, leur calvaire servait d'emblème. On s'efforçait de l'oublier en raison de sa laideur. Seule la beauté pouvait inscrire dans la mémoire la souffrance des hommes et lui donner un sens.

CHAPITRE 27

BETTERAVES

Ils rejoignirent le pied de la croix par une petite route verglacée. L'accès au monument était fermé, désert, froid. En dehors du point de vue sur le paysage, l'endroit ne présentait aucun intérêt. La route contournait la colline en descendant vers le village. Elle traversait un champ de betteraves qui encerclait le petit bois d'où surgissait la sainte horreur. Le champ de betteraves ressemblait à ces terrains découverts aménagés autour d'une forteresse pour voir venir l'ennemi. On aurait dit un champ de mines.

Le cimetière était situé au centre du village. Entouré de murs bas, il s'ouvrait directement sur les rues adjacentes. Après avoir garé la Picasso au parking en contrebas, ils remontèrent en flânant vers l'entrée du cimetière. Pour passer inaperçus, ils portaient un appareil photographique autour du cou et adoptèrent ce regard désagréablement sympathique et inquisiteur que les touristes prennent lorsqu'ils regardent les gens du cru. Les rues étaient désertes, leur comportement semblait inutile, mais on pouvait les observer à leur insu. Même s'ils n'étaient plus véritablement convaincus de leur mission, l'état d'esprit dans lequel ils s'étaient mis pour l'accomplir conditionnait la manière dont ils agissaient. Ils devaient se montrer prudents. Le matériel enfermé dans le coffre de la Picasso entretenait l'atmosphère d'une action illicite. Ils cherchaient encore un argument définitif pour abandonner leur projet.

Ils accédèrent à un petit terre-plein aménagé en jardin, situé à l'avant du cimetière, de l'autre côté de la rue. Ils reconnurent immédiatement la tombe du général qui surplombait le petit muret du sanctuaire. À l'extrémité du jardinet où ils se trouvaient, face à la tombe, il y avait une cabane surélevée, dont la partie supérieure des cloisons était vitrée. À l'intérieur, ils aperçurent un garde en uniforme, les yeux fixés sur la sépulture.

Ils accomplirent le tour du cimetière et s'approchèrent en dernier lieu du but de leur visite sous le regard vigilant du garde. La dalle était épaisse, pas moins d'une tonne et demie, évalua Marcel ; le poids n'était rien, avec les rouleaux et la barre à mine, mais elle était solidement scellée. Même si Marcel avait reçu l'aval de la D.R.A.C. concernant la validité artistique du projet, la caution scientifique semblait trop fragile pour que les travaux puissent être officiellement entrepris. En admettant que durant la nuit le cimetière ne fut pas surveillé ni éclairé, ils auraient fait trop de bruit pour entreprendre une quelconque fouille archéologique clandestine. Voilà qui allait dans le sens de leur nouvel état d'esprit. La marchande de souvenirs chez qui ils achetèrent des cartes postales, confirma incidemment leurs doutes. "*Les pauvres gardes qui se relaient nuit et jour, par n'importe quel temps !*". Ils étaient soulagés, seulement Édouard ne pouvait pas renoncer à son ambition, une autre solution devait être envisagée.

De retour vers Chaumont, ils s'arrêtèrent sur le bord de la route pour se débarrasser du matériel, à leurs yeux compromettant, qu'ils avaient emporté. C'est alors qu'une estafette de la gendarmerie nationale passa à l'instant où ils le jetaient dans le fossé. La prison de Clairvaux se trouvait non loin de là. Les gendarmes étaient intrigués par les bastings, les rouleaux, la scie à métaux et le reste de l'outillage. Marcel expliqua qu'il était artiste, ce matériel était destiné à réaliser une sculpture, mais il avait changé d'avis. Les raisons pour lesquelles il s'en débarrassait étaient confuses, elles étaient liées aux difficultés de la création qui impliquaient de devoir beaucoup jeter pour réussir une œuvre, il était artiste ; la preuve, il avait loué une Picasso. L'un des gendarmes, qui faisait de la peinture le dimanche, semblait plus compréhensif. L'autre n'entendait rien. Pourquoi dans cette région, loin de chez vous et à proximité de Clairvaux ? voulait-il savoir. Marcel évoqua le nomadisme de l'art contemporain, son caractère éphémère... Mais c'était Édouard qui paraissait le plus suspect. Pour un normand, il avait une peau trop sombre. En dépit de son accent et des expressions typiquement normandes dont il émaillait ses propos, on le soupçonnait d'être un travailleur immigré clandestin de religion musulmane. Il expliqua qu'en instance de changer de métier, il assistait

Marcel dans sa création, d'un point de vue amical et scientifique, en tant que futur gardien au musée de l'homme.

On les conduisit à la gendarmerie pour un contrôle d'identité plus poussé et vérifier si leurs noms ne figuraient pas sur la liste des terroristes fournie par le gouvernement américain. Le matériel fut saisi et Marcel, en Picasso, suivit l'estafette des gendarmes, dans laquelle Édouard avait pris place.

Il s'avéra qu'Édouard était bien Normand né de parents normands qui eux-mêmes étaient citoyens français depuis 14-18. Autant dire depuis Mathusalem. Sur le point d'être licencié, il se reconvertissait effectivement dans la fonction publique avec l'aide du gouvernement. Quant à Marcel, le centre d'art confirma qu'il effectuait bien une résidence à Euroville. Pourtant ils étaient fichés aux renseignements généraux en raison de leur participation à la grève de Moulinex. Marcel argumenta en expliquant que cette histoire était bientôt terminée, ils feraient le ménage avant de partir, du reste, il préparait une exposition pour inaugurer la fermeture de l'usine, le directeur avait des œuvres à lui dans sa collection, Marcel possédait son numéro de portable, à la rubrique "collectionneur", la chose pouvait être vérifiée. Pour une fois que la collaboration de classe servait à quelque chose, Édouard n'ajouta aucun commentaire.

On finit par les libérer vers onze heures du soir. Les gendarmes avaient tout de même conservé le matériel suspect au cas où ils auraient eu l'intention d'aider un détenu à s'évader de Clairvaux. Après avoir erré dans la ville, ils trouvèrent un hôtel et s'endormirent en songeant qu'ils ne s'en étaient pas trop mal tirés.

Au petit-déjeuner, Édouard exposa son nouveau plan. Il avait fait un rêve au cours de la nuit. Selon les informations, la situation chez Moulinex restait au point mort. Une fois la Picasso rendue au loueur, ils retournèrent sur Paris en train. Marcel avait conservé dans sa mémoire l'image du champ de betteraves autour de la colline ou se dressait la croix de Lorraine. Il s'interrogeait encore sur le choix d'un symbole religieux, la croix byzantine, dont le texte d'une carte postale précisait que la barre transversale supérieure représentait la pancarte I.N.R.I. clouée au-dessus de la tête du Christ. Symboliser ainsi la lutte d'une France laïque et républicaine contre l'occupant nazi en signifiant, par cette seconde barre transversale sur la croix habituelle, à l'humanité opposée à la barbarie nazie, à l'antisémitisme, au racisme et à la dictature que le Christ était juif, semblait être à Marcel une idée judicieuse. Mais, suivant l'utilisation que l'on pouvait en faire, cette bonne intention devenait douteuse. Comme Édouard, il privilégiait en ce domaine une vision plus laïque de l'humanité, c'est-à-dire plus artistique. Cela ne relevait pas, à ses yeux, d'une discussion byzantine.

Toujours était-il qu'il avait été impressionné par le champ de betteraves autour du bois d'où s'élevait le monument ; il l'avait sans doute été pour des raisons esthétiques, ce n'était pas forcément de bonnes raisons, mais il y avait là un mystère qu'il ne s'expliquait pas. Il en parla à

Édouard durant tout le trajet.

En arrivant à Paris, ils retrouvèrent Rose et Martine qui les attendaient à l'hôtel, après s'être acquitté de leurs tâches. Elles écoutèrent le récit de leur expédition et approuvèrent les sages décisions qu'ils avaient prises.

Chapitre 28

SUITE

Édouard avait envisagé une solution plus raisonnable. C'était le sens de son rêve. Le slogan biblique œil pour œil, dent pour dent ne pouvait conduire qu'à mettre en pratique ce qu'il condamnait chez les autres. À l'inverse, le slogan évangélique relatif à la joue tendue ne valait guère mieux. Il fallait trouver un moyen terme. Le droit de fouiller les tombes devait incomber à tous ou à personne. Éventuellement à l'O.N.U., sous le contrôle des casques bleus.

– Il ferait beau voir, disait-il, que des archéologues, ethnologues et autres anthropophages venus de pays sous-développés viennent entreprendre des missions de fouilles dans nos cimetières, nos musées d'art moderne, contemporain ou actuel (qui sont nos sanctuaires), nos églises, nos dépotoirs (encore que dans nos dépotoirs…) et qu'ils emportent chez eux quelques ossements, œuvres, saintes reliques et détritus pour les exposer dans leurs musées de l'Homme, musées des colonisateurs, musées d'art primitif, premier, moderne, actuel pré et post industriels.

Bref, mis à part le pillage du musée de Bagdad, pensait-il, les guerres ne remplissaient plus les musées et les collections privées, il fallait trouver autre chose, puisque rien n'était plus comme avant, ainsi qu'il le reconnaissait volontiers. C'était précisément pour cette raison qu'il révisait sa position concernant l'actualité ; on ne pouvait aller de l'avant en faisant comme avant.

Édouard était toujours aussi convaincu de la légitimité de son ambition, mais la raison le contraignait à l'exprimer de manière encore plus symbolique qu'il ne l'avait imaginé au départ. Ils iraient au musée de l'Homme dérober le crâne de Descartes dont la présence les avait étonnés. L'entreprise semblait techniquement et moralement plus simple. Pourtant Marcel émit trois objections : premièrement, d'un point de vue déontologique il ne lui semblait pas convenable qu'Édouard participât à une affaire dont le but visait à retirer du musée qui allait employer ses compétences, une pièce maîtresse de la collection. Il devait respecter et protéger son outil de travail. Deuxièmement, des os s'imposaient trop par leur réalisme, l'aspect symbolique risquait de passer au second plan, d'autant plus qu'ils avaient appartenu à un philosophe. Or l'ancêtre Abushibi était un guerrier. Troisièmement, le crâne de Descartes était minuscule, d'une capacité visiblement moindre que les 1400 cm^3 requis pour un homo sapiens sapiens, et la mandibule manquait. Ce dernier argument conduisit Édouard à changer d'avis, cette absence évoquait trop le manque d'appétit de dernière minute de son aïeul. Il ne voulait pas souligner cette faiblesse.

Les contradictions n'effrayaient plus Édouard. Le monde n'était pas tout blanc ou tout noir, bien qu'il s'en fallût de peu. L'idée du crâne devait être définitivement abandonnée.

– Qu'entends-tu par moins réaliste, plus symbolique ? interrogea-t-il.

– Par exemple, emporter un objet significatif qui ait appartenu à de Gaulle… Je ne sais pas moi… Son képi…

– Pourquoi pas, mais où le trouver ?

Marcel se souvint de l'effigie du général de Gaulle au musée Grévin, cela ne devait pas être trop compliqué de voler le képi. L'idée, par sa simplicité et son aspect pacifique, les remplit d'enthousiasme. Ils se rendirent aussitôt sur les Grands Boulevards. Quelle ne fut pas leur stupeur de trouver de Gaulle habillé en civil. Des modifications avaient été apportées au musée à moins que dans leur esprit, l'image du général ne l'ait emportée sur celle du président. Toujours est-il qu'ils se trouvèrent en panne de solution. S'il était difficile d'assumer un acte symbolique et d'en déterminer les modalités pratiques il était encore plus difficile de le modifier en cours de route.

– Et si nous allions voir au musée des armées, à l'Hôtel des Invalides, dit soudain Édouard, alors qu'ils mangeaient encore des œufs mimosa chez “Chartier” où ils étaient retournés.

Son grand-père lui en avait souvent parlé à propos de la guerre de 14-18, ainsi que ses parents qui participèrent activement à la libération de la Normandie. Le musée de l'Ordre de la Libération, consacré aux Forces Françaises Libres, à la résistance et à la déportation, leur permettrait de trouver probablement une idée meilleure que celles qu'ils avaient eues jusqu'à présent.

Dans une minuscule salle du musée des Invalides, enfermés dans une vitrine, ils découvrirent un képi, une vareuse, un blouson de cuir et divers objets ayant appartenu au général. Une simple serrure, dont le canon sortait exagérément, bloquait l'ouverture des portes coulissantes. Il suffisait de le serrer entre les mâchoires d'un arrache moyeu et de lui imprimer un mouvement de torsion latérale pour faire sauter le penne. L'absence de caméra et de gardien indiquait que ce secteur, consacré à du gros matériel de guerre et à des projections de film sur le débarquement en Normandie, n'était pas très surveillé. Les bruits de leur effraction seraient couverts par les explosions, les cris et les bruits effroyables de la guerre.

En poursuivant leur visite, ils tombèrent en arrêt devant le manteau, l'écharpe et le chapeau de Jean Moulin. Édouard se demanda si la personnalité de Jean Moulin ne serait pas plus appropriée, mais son doute fut de courte duré. En dépit de son admiration pour le résistant, le chapeau mou ne correspondait pas à l'image que se faisait Édouard de l'Afrique. Mais surtout, il revoyait la silhouette élégante du Président Mitterrand qui, vers la fin de son existence, avait adopté ce genre de tenue pour donner à son personnage une profondeur historique mystérieuse. Édouard ne voulait pas que ce mystère qui masquait une faiblesse fondamentale troublante chez Mitterrand, ternisse par un emprunt vestimentaire la clarté éblouissante d'un héros de l'armée des ombres.

Un peu plus loin, ils trouvèrent une photographie du général faisant le salut militaire en uniforme blanc. À la place du képi, il portait un casque colonial. La photographie avait été prise en 1941, à Brazzaville au Congo, ou il était venu pour créer l'ordre de la Libération. Le casque, orné de deux étoiles, se trouvait dans une vitrine. Ce fut une révélation pour Édouard, il avait enfin trouvé l'objet symbolique qu'il devait rapporter en Afrique.

Le plan était simple. Après s'être rendus aux puces de Montreuil, ils achetèrent un casque colonial datant de l'époque héroïque. En fouillant dans les boîtes pleines d'insignes militaires, ils trouvèrent deux petites étoiles qu'ils fixèrent sur le casque, puis ils achetèrent une pince démultipliée de plombier. Le tout fut placé dans un sac. Le lendemain matin, ils revinrent au musée dès son ouverture. Édouard portait le sac négligemment suspendu à l'épaule. Les équipes de nettoyage finissaient de ranger leur matériel. Une fois dans la salle encore déserte où se trouvait le casque, Marcel essaya discrètement d'ouvrir la vitrine à la main pour tester la serrure. À sa grande surprise, la porte n'était pas bloquée. Il l'ouvrit rapidement tandis qu'Edouard prenait le casque convoité et le remplaçait par celui qu'ils avaient acheté aux puces. Il n'y avait pas grande différence entre les deux. L'opération avait duré quelques secondes. La vitrine refermée, le sac à l'épaule d'Édouard, ils se dirigèrent vers la sortie d'un pas nonchalant d'antimilitariste, alors qu'un agent d'entretien entrait dans la salle pour fermer à clef la vitrine avant d'en retirer un chiffon à poussière qu'il avait oublié à l'intérieur. Il n'avait rien remarqué d'anormal.

CHAPITRE 29

LÉNINE

La réussite de la première partie du projet apporta quelques réconforts à Édouard et Marcel qui en avaient grand besoin. L'échec annoncé de la grève avait fait naître dans leur esprit un sentiment d'impuissance intolérable. Ils ne se faisaient plus d'illusion. Leur défaite était maintenant négociée à Paris. L'accomplissement du projet d'Édouard donnait le dernier mot à leur idéal. Du moins symboliquement. Lavés de l'humiliation qu'ils subissaient, ils envisageaient le voyage en Afrique comme des vacances méritées après un dur labeur. Rose et Martine avaient rempli les formalités, ils partirent pour l'aéroport, le casque colonial dans leurs bagages. Même s'il n'était plus d'actualité, les modes hétéroclites qui avaient traversé le colonialisme et l'indépendance post-coloniale jusqu'alors faisaient que ce genre de fantaisie passait inaperçu. L'histoire des couvre-chefs montrait qu'il fallait souvent en changer si l'on voulait laisser croire à l'évolution heureuse de la société.

En dehors de son goût pour l'exotisme, Édouard n'éprouvait aucune émotion particulière à venir au Kenya. Ce pays n'avait jamais été le sien. S'il voyait bien, dans le regard des autres, qu'il passait moins inaperçu dans son pays qu'en Afrique, il se sentait avant tout dans la peau d'un prolétaire normand.

– Mais tout de même… ? l'interrogeait Martine qui était juive, moi je me sens un peu autre chose…

– Tout le monde se croit autre chose que ce qu'il est, on est tous des hommes et des femmes, le reste est affaire de sentiment, de cynisme, d'hypocrisie, de pouvoir, c'est une question de survie.

– Chacun a le droit de survivre.

– Certainement, même les martiens s'ils venaient nous visiter.

– Un martien peut-il devenir français ? demanda Marcel.

– Théoriquement oui, mais en ce qui concerne l'obtention de la citoyenneté par le mariage, la loi n'aborde pas la question des incompatibilités physiologiques dues à des êtres de nature différentes. Admettons, par exemple, que le martien ait l'apparence d'un chien ou d'une balle en caoutchouc. Avec une balle, je ne sais pas, mais pour le chien, la zoophilie est condamnée par la loi…

– Mais en ce qui concerne un être intelligent, dit Martine, d'une intelligence sans doute supérieure et dont l'apparence et le moyen de reproduction ne correspondent pas aux nôtres, la loi devrait être réévaluée si l'on désire développer nos relations avec les habitants d'une autre planète…

– Il n'est pas dit que nous puissions avoir des relations amoureuses avec un martien, dit Rose, ce sentiment leur sera peut-être étranger. En admettant que nous puissions avoir des relations sexuelles, il serait étonnant que des enfants naissent de cette union.

– D'abord la science le permettra un jour ou l'autre, ensuite l'union de deux êtres n'est pas fondée uniquement sur la procréation, regarde les homosexuels, les couples stériles, ils adoptent tout simplement des enfants, pourquoi dans le cas d'un mariage interstellaire ne pas adopter un chiot, une petite balle ou un bébé.

Édouard savait bien que la raison du plus fort l'emportait. Pour le reste, une société incapable de partager équitablement l'excédent de ses richesses dit forcément n'importe quoi pour se justifier.

Ils devisèrent ainsi et somnolèrent durant le voyage. L'atterrissage sur l'aéroport international de Nairobi se fit en douceur. On les retint longtemps à la douane, puis ils se firent conduire au centre ville, à l'hôtel Dolat, que leur avait indiqué l'agence de voyage pour son calme et son prix modique. La rue Mfangano où il était situé était bruyante et encombrée. Mais dès la tombée du jour, les rues de cette cité moderne se vidaient et des vigiles casqués et armés de gourdins montaient la garde au pied des immeubles, à l'entrée des bâtiments publics et devant les magasins fermés. Le calme de la nuit contrastait avec l'effervescence du jour. Ils se reposèrent deux jours en attendant le train qui les conduisit vers le nord, jusqu'à Nyahururu. Puis ils louèrent un véhicule tout terrain et partirent en direction du lac Turkana à mi-chemin duquel se trouvait Maralal. Le village d'origine était devenu une ville en même temps que le centre administratif du district Samburu. Maralal était entouré d'une grande forêt peuplée de zèbres, de buffles et de phacochères, que l'on nommait le Sanctuaire. Cette réserve était l'ancien royaume de l'arrière-grand-père d'Édouard.

Édouard espérait que le courrier qu'il avait envoyé à son frère lui était parvenu. Il doutait de l'exactitude des nouvelles de l'état de santé de Lénine que Staline lui avait donné peu avant sa mort. C'est pourquoi il ne fut pas véritablement étonné lorsque le responsable administratif de la ville, auprès duquel on l'avait conduit avec ses camarades, lui apprit la mauvaise nouvelle. Lénine était mort depuis plusieurs mois. Staline avait dissimulé l'événement ou ne l'avait jamais su. Il inventait beaucoup pour faire croire qu'il était au courant de tout et contrôlait la situation. Il avait organisé un réseau de renseignement à l'hôpital. Des malades lui donnaient des informations inédites dont il vérifiait la validité en faisant surveiller ses informateurs par d'autres patients.

Pourtant, Lénine s'était bien installé à Maralal et c'était vrai qu'il avait continué à se nourrir comme s'il vivait encore en Normandie. La différence de climat avait fait le reste. En dépit du calva qu'il faisait venir pour le boire comme un médicament, il avait succombé à des complications dues au cholestérol. Mais il ne s'était jamais présenté à des élections locales. Après avoir changé de nationalité, il avait monté une petite entreprise qu'on leur fit visiter.

Avec ses idées progressistes attachées à la tradition et à la fraternité entre les peuples, il avait mis sur pied une fabrique artisanale de camembert gérée sous la forme d'une coopérative ouvrière. Ce fromage était une sorte de “Vache qui rit” à pâte ferme, sans croûte. L'Abushibi, véritable camembert de Maralal.

Lénine avait été inhumé dans la tombe vide de l'arrière-grand-père. Cela semblait à Édouard la meilleure chose qui puisse arriver. Qu'un descendant de l'arrière-grand-père resté fidèle à ses idées le rejoigne dans la tombe par-delà les vicissitudes de l'Histoire était finalement le seul hommage que l'on pouvait lui rendre. Édouard ne s'en voulut pas de n'y avoir pas songé plus tôt. La solution était trop imprévisible.

– Tu pourrais faire mettre Staline ici, lui dit Marcel.

– Non, Staline était profondément Normand.

– Lénine aussi, il en avait gardé les habitudes alimentaires…

– Sans doute, mais il avait choisi de s'expatrier en emportant avec lui, comme l'avait souhaité l'arrière-grand-père pour son fils, les secrets de la puissance européenne des colonisateurs.

Le casque colonial du Général de Gaulle qu'il tenait à la main avait symboliquement uni dans son esprit, le combat du Général et de son arrière-grand-père, mais il n'y avait maintenant plus de place pour le casque avantageusement remplacé par Lénine.

En traversant la salle de réunion du personnel lors de la

visite de la fabrique, il se débarrassa du casque colonial en l'accrochant à un portemanteau qui se trouvait à l'entrée. Puis il s'informa pour savoir s'il avait encore des lointains parents dans la région. Notamment du côté de sa mère et de ses oncles. Mais l'armée coloniale anglaise avait semble-t-il achevé le travail laissé en plan par les Allemands. Il ne lui restait plus aucune famille.

Les négociations se poursuivaient toujours à Paris, mais Édouard avait atteint son but. Avec ses amis, ils prirent quelques jours de repos sur les bords de l'Océan Indien avant de rentrer en France en passant par l'Éthiopie pour essayer d'obtenir des nouvelles de Trotski. À l'ambassade de France, on ne leur laissa guère d'espoir. Son matériel de maison de la culture itinérante avait été trouvé dans un ravin, non loin du mont Guna, sur un plateau à 2400 mètres d'altitude.

Une fois qu'il occuperait son nouvel emploi, Édouard partirait à la recherche de Trotski durant ses congés payés. Marcel promit de l'accompagner.

– On pourrait demander une bourse de recherche, suggéra-t-il.

– Vous pouvez compter sur ma participation financière, ajouta généreusement Rose.

– Si je comprends bien, dit Martine à Édouard dans l'avion du retour, si on ne retrouve pas Trotski tu es l'unique descendant de ta famille. Même si j'ai quarante ans, on devrait faire un enfant.

CHAPITRE 30

BOUM !

Une fois les deux femmes déposées à leur domicile respectif, Édouard et Marcel rejoignirent leurs camarades à l'usine. Durant leur absence, une grande agitation avait régné. Une odeur de pneus brûlés empestait l'atmosphère. Un groupe de femmes et d'hommes se tenaient sous les abris de toile installés à l'entrée du site. La pluie tombait depuis un bon moment et des banderoles détrempées pendaient aux grilles. Le piquet de grève s'était clairsemé et les rescapés de la bataille semblaient désorientés, épuisés. L'action Moulinex avait été retirée de la Bourse de Paris. Toutes les lettres de licenciement étaient maintenant arrivées, on négociait encore le montant des indemnités et des primes de départ, on proposait des stages de reconversion, des retraites anticipées, des reclassements et une indemnité supplémentaire financée par l'État. Le gouvernement de gauche temporisait. Les syndicats avaient obtenu des promesses. C'était une sorte de victoire dans la défaite, mais la colère succédait à l'abattement. Édouard et Marcel passèrent la nuit dans le local syndical et parvinrent à dormir à tour de rôle sur un lit de camp. Le lendemain il y eut un regain de mobilisation. Les premiers arrivants apportèrent du pain, du café, des fruits et tout ce qu'il fallait pour déjeuner. Les derniers petits commerçants de la région, qui résistaient aux grandes surfaces et au circuit de la grande distribution, soutenaient les grévistes en leur offrant de la nourriture. Une boucherie halal apportait régulièrement des merguez. Cette solidarité attira l'attention des renseignements généraux. L'enquête ne dévoila l'existence d'aucun réseau terroriste s'appuyant sur des travailleurs immigrés au sein de l'entreprise, pas plus que le boucher n'entretenait de lien avec Al Qaeda qui soutiendrait un mouvement social pour déstabiliser la société française et mettre en difficulté la gauche au pouvoir. Il s'avéra plutôt, que tout musulman qu'il fût, le boucher était favorable à un état laïque. Il manifestait par là son désir d'intégration. Son geste exprimait une véritable solidarité dans un secteur où sa survie était liée au sort de la classe ouvrière, à la disparition de la vie de quartier et des commerces de proximité au profit des cités sans commerces et des centres commerciaux, derrière lesquels on trouvait les mêmes financiers qui réglaient les affaires de Moulinex. En vérité, les intégristes religieux de tous poils se réjouissaient de la liquidation d'une entreprise qui employait 80% de femmes et soutenait objectivement l'émancipation féminine depuis les années soixante. Du reste, en assemblée générale, certains grévistes supposèrent que de toutes manières ils spéculaient tous sur leur dos. Ils avaient partie liée et faisaient des affaires entre eux. Marcel se disait que si les plus importantes collections d'art contemporain trouvaient ici leur financement, les artistes n'avaient pas la place qu'ils méritaient dans ce dispositif. Même parmi le vaste milieu des intellectuels, ils faisaient figure de SDF.

Les grévistes, portés par l'énergie du désespoir, tenaient des propos d'une violence extrême, leurs dernières illusions s'étaient évaporées durant la nuit, ils accusaient les pouvoirs publics de les avoir bernés. "*Si les salariés pensent ça,*" dira plus tard l'ex-secrétaire d'état socialiste à l'industrie, Christian Pierret, "*c'est qu'ils n'ont pas compris ce monde de compétition, d'ouverture, de concurrence ; nous n'avons pas fait suffisamment, et en particulier, nous, à gauche, nous n'avons pas assez expliqué à des gens qui ne comprennent pas la réalité économique...*". Il n'avait pas été assez pédagogue. Il est vrai, la leçon avait été rude. Pourtant, dans la lettre que le P.D.G. fit parvenir aux salariés, il se gardait bien de porter des jugements de valeur concernant ceux qui ne retrouveraient pas de travail : "*Ceci ne veut pas dire qu'il y a des bons et des moins bons. C'est seulement la loi du repreneur. Ce n'est ni juste ni injuste, c'est comme cela.* [...] *à ceux qui ne le retrouveront pas, je souhaite bon courage et bonne chance.*[1]"

La lutte des classes était devenue un vieux truc pour la gauche, songeait Marcel, aussi désuet que la peinture de chevalet et la valse. Le beau temps où le marxisme et le

1. Extrait de la letrre du PDG de Moulinex aux salariés. Novembre 2001

couteau suisse servaient à répondre à toutes les situations était révolu. Maintenant on mangeait des merguez en écoutant des chansons de Claude François et les explications pédagogiques de Jospin, qui s'était éclipsé entre temps, à la porte des entreprises en liquidation judiciaire. Le terroriste qui sommeillait en eux se réveillait. C'était la fin des haricots.

Les idées que je défends, se disait Marcel, ma propre cause, s'appuient sur des principes qui consistent à agir selon mon intérêt, à choisir entre les diverses possibilités d'action qui s'offrent à moi, celles qui tirent les choses à mon avantage. Ainsi les principes généraux qui règlent ma vie en société ont une certaine souplesse d'adaptation. Comme chacun, en matière de liberté individuelle en fait autant et que, de cette manière, chacun est contre tous, la vie en société trouve naturellement, en temps de paix, son équilibre. En temps de guerre, il convient de manifester une certaine solidarité, de sortir de cet individualisme forcené, de créer des alliances si l'on veut éviter que la loi du plus fort l'emporte au détriment de celle des plus nombreux, plus juste en ce qu'elle est plus près de l'intérêt général. La victoire n'est pas le résultat d'une lutte à armes égales. Les combats équitables n'ont jamais lieu. Si je m'attaque à plus fort que moi je suis un terroriste, à plus faible un justicier investi des vertus démocratiques. Je ne saurais défendre la démocratie et préserver les libertés individuelles sans affirmer que le bien commun s'incarne dans le bien particulier de ceux qui me soutiennent. Ceux qui affirment actuellement le contraire changent progressivement d'opinion et défendent ma cause avec d'autant plus d'enthousiasme que j'écarte les plus tièdes. On revendique de plus en plus le réalisme du libéralisme comme une preuve de clairvoyance. On rit volontiers aux blagues de ses partisans, on se bouscule dans leurs cocktails.

On se souvient de la révolution. On se souvient de l'idée de la révolution, de sa préparation, de l'enthousiasme qui l'accompagnait. On a connu des jours qui chantent ; on attend chaque lendemain avec appréhension. Je suis unique en mon genre, se dit encore Marcel, bien que j'appartienne au genre humain. Le sentiment de supériorité est une position de l'esprit qui transforme un être banal en personne singulière. Ce sentiment intérieur est une vérité établie dont je détiens en moi la preuve secrète. À supposer que je sois dépourvu de la plus minuscule ambition, cette conscience que j'ai de ma propre existence et, à travers moi, de celle des autres et des choses, me porte à me distinguer, à m'enfermer dans ma dignité. Je ne suis pas une fourmi, encore moins un mouton et même si je me conduis parfois comme un porc ou que d'une manière générale je travaille comme une bête, je ne tiens pas à être le dindon de la farce lorsqu'on me surprend à faire l'âne pour avoir du son.

À mesure que la matinée avançait, les nouveaux arrivants semblaient de plus en plus déterminés à ne pas se laisser faire, la nourriture s'entassait sous la tente qui servait de réfectoire. Il y avait de quoi tenir un siège. Tout le monde exigeait des garanties à propos des indemnités, personne ne pouvait partir sans argent. Édouard et Marcel partageaient cet avis. À midi on fit griller des saucisses.

L'intervention artistique "*in situ*" de Marcel commençait à prendre forme dans son esprit. Jacqueline le pressait. Il avait versé l'argent de l'exposition à la caisse du comité de grève. Donner un sens artistique à un mouvement social le conduisait à disposer d'une foule d'événements comme moyens de productions et d'investir un espace plus vaste. Les moyens de production étaient enfin à la hauteur des ambitions artistiques. Il lui semblait s'écarter ainsi de la confusion idéologique qui transformait les lieux habituels d'exposition en des sortes de beautés académiques idéales cruellement étriquées. Son exposition était le produit de l'action et des images fécondes naissaient. Ces images avaient le dos au mur, de manière virtuelle. Elles s'organisaient comme un énoncé des événements.

Après déjeuner le ton monta encore. On enflamma des pneus. Des ouvrières à bout de nerf allumèrent des incendies dans l'usine pendant que le piquet de grève interdisait l'entrée du site aux pompiers. Édouard s'était procuré des combinaisons intégrales blanches et ils furent quelques-uns à les enfiler sous l'œil attentif de la commissaire d'exposition. Les capuches refermées devant les visages ne laissaient plus voir que les yeux. L'anonymat s'imposait. Non pas par peur des représailles, mais parce qu'il s'agissait d'une œuvre collective ; l'action était menée au nom de tous, chacun pouvait se reconnaître dans ces ninjas blancs dont on ne devinait ni le sexe ni l'identité. L'un deux semblait diriger l'équipe qui réunissait des fûts de produits chimiques, des bouteilles d'oxygène et d'acétylène pris dans les ateliers des ouvriers de maintenance. Ils montèrent une partie de cet arsenal sur le toit terrasse de l'administration et répartirent le reste à l'intérieur de quelques autres bâtiments. L'ensemble était relié par des câbles électriques. L'opération dura un bon moment. Certains éléments étaient redisposés selon un ordre mystérieux pour le préfet, le colonel des pompiers et le commandant de la compagnie de C.R.S. qui observaient, fort inquiets, la manœuvre avec des jumelles. Si le gouvernement avait dépêché le ministre de la culture sur les lieux, ils auraient su que des raisons esthétiques présidaient à ces modifications. Chaque récipient était déplacé selon sa couleur, sa forme et son volume. Les câbles électriques noirs étaient redéployés avec plus d'ampleur et formaient un dessin généreux entre les accumulations de produits détonants. Les grévistes se regroupèrent en criant de fureur autour du bâtiment central, un chant puissant s'éleva de leurs rangs. Une pluie fine se mit à tomber, les pneus enflammés crépitèrent, des volutes de fumée noire tourbillonnèrent au ras du sol. La lumière du jour s'assombrit. Au-delà des grilles, les autorités éclairées par les gyrophares qui tournaient sur le toit des voitures de pompiers assistaient sans le savoir à la composition d'une installation "*in situ*". C'est alors que les fantômes blancs sur le toit firent savoir à la direction de l'usine et au gouvernement que si l'ensemble du personnel licencié de chez Moulinex n'obtenait pas leurs indemnités, ils feraient tout sauter. Ils n'avaient plus rien à perdre. Partir en beauté était un art. Pour appuyer leurs revendications et en signifier clairement le contenu, ils confectionnèrent une banderole.

– Tiens, toi qui es artiste, dit Édouard à Marcel à travers sa capuche en lui tendant un pinceau.

Peu de temps après, ils déployèrent le calicot le long du bâtiment sur lequel ils avaient pris position pendant que l'un d'entre eux se plaçait à côté des batteries qui commandaient le système électrique du dispositif. La pluie avait cessé. Tout le monde s'était tu. On entendait maintenant la chanson de Claude François couverte jusqu'à présent par les clameurs.

L'unique mot d'ordre du moment s'étalait en lettres noires sur le calicot blanc. DU FRIC OU ALORS BOUM !

TABLE

Du même auteur

HISTOIRES COURTES
Z'éditions, 1989

LA BEAUTÉ MODERNE
Vidéochroniques et Musée d'Art contemporain de Nice, 1994

EXTENSION NULLE
galerie Manu Timoneda, 1997

PETITES FARCES DE LA VIE QUOTIDIENNE
Actes Sud, 1998.

LA BROSSE À CHEVEUX ET LE MEXICAIN
le 19, Centre Régional d'Art contemporain de Montbéliard, Musée de Belfort, Centre d'Art et de plaisanterie à Montbéliard, 1998

PIÈCES SUPPLÉMENTAIRES
Sixtus éditions, 1999

JE NE VOUS OUBLIERAI JAMAIS
École Supérieure des Beaux-Arts de Marseille, 2001

L'ÉLEVAGE DE POUSSIÈRE
Vidéochroniques, Centre d'Art Contemporain de Basse-Normandie, 2003

CHERS ÉTUDIANTS
École Supérieure d'Art d'Aix-en-Provence, 2004

TIENS-MOI LA QUEUE J'AI PEUR DU NOIR
Galerie Duchamp, collection "PETIT FORMAT", 2004

Les éditions de la Galerie Duchamp

Collection "petit format" :

Guy Chaplain, social ?
Hors de soi/ Fabien Lerat (coédition avec le Quartier)
Les Archivistes
Jean Rault, photographies, 1983-1999
Les iconoclasses 1
montableDémontable
Du producteur au consommateur
Les iconoclasses 2
Entre voisins
Du producteur au consommateur 2
10 ans d'art contemporain, Galerie Duchamp 1991-2001
Le dernier signe de Duchamp
Nicolas Hérubel
Bertholin
Magdi Senadji
Jacques Asserin
Francis Marshall
Patrick Dubrac et Bernard Guelton, Côté cour
Les iconoclasses 3
Staal, made in Belgium
Les iconoclasses 4
Honoré d'O
A comme Anatomie 1, la galerie d'anatomie comparée
A comme Anatomie 2, le cabinet de curiosités
Portraits d'intérieur
Joël Hubaut
Denis Pondruel
Les iconoclasses 5
Jean-Claude Bélégou, L'évidence du corps
Bruno Carbonnet, Suite étonnée
Dominique Dehais, Négociation/Fabrication
A comme Architecture

Habit ou Habitat
P comme Phrénologie
Les iconoclasses 6
Musée Khômbol, Le temps du monde fini commence
Dominique Angel, Tiens-moi la queue j'ai peur du noir

Autres parutions de la Galerie Duchamp

L'agenda perpétuel à fantômes, conçu par Françoise Quardon (*coédition avec la Salle d'Armes*) - ***De rerum fabula***, conçu par Patrick Corillon (*coédition avec les Éditions La Mancha*) - ***Conservatoire Nominal des Arts et Métiers***, conçu par Guy Lemonnier, texte de François Dagognet (*coédition avec le Frac Haute-Normandie*)

COLLECTION "LE CAHIER PÉDAGOGIQUE" (pour les enfants) : ***Erik Samakh - Ken Lum*** (*coédition avec le Frac Haute-Normandie*) - ***Françoise Quardon - Jean-Charles Pigeau - Guy Chaplain - Jardins divers - Patrick Corillon - François Daireaux - Fabien Lerat - Les Archivistes - Jean Rault - montableDémontable - Du producteur au consommateur - Entre voisins - Guy Lemonnier*** (*coédition avec le Frac Haute-Normandie*) ***- Alain Sonneville - Du producteur au consommateur 2 - Joël Hubaut - Le dernier signe de Duchamp - du O, du L, BerthOlin, HérubeL - Patrick Dubrac, Bernard Guelton - Magdi Senadji - Staal - A comme Anatomie - Denis Pondruel - A comme Architecture - Portraits d'intérieur - Habit ou Habitat - Dominique Dehais - P comme Phrénologie - Jean-Claude Bélégou - Bruno Carbonnet - Dominique Angel***

COLLECTION "LE JOURNAL PÉDAGOGIQUE" (pour les enfants) : ***Gothic*** (*coédition avec la Salle d'Armes*) ***- Les Iconoclasses 1 - Les Iconoclasses 2 - Les Iconoclasses 3 - Résidence secondaire - Les iconoclasses 4 - Les iconoclasses 5 - Les iconoclasses 6***

CATALOGUES : ***Gothic*** (*coédition avec la Salle d'Armes*) - ***François Daireaux*** (*coédition avec la Galerie É. Manet*)

Les éditions de l'Artothèque de Caen

Pierre Soulages, *Eaux-fortes 1952 - 1980* / Texte : Christian Labbaye
Ed. Artothèque d'Anneçy, Caen, Lyon, Nantes, Montpellier, 1987

Patrick Moussin, *Apesantes peintures*
Textes : François de Cornière, Patrice Cotensin / Ed. Artothèque de Caen, 1990

Dominique Bailly, *Sculptures & interventions en extérieur, 1987-1991*
Textes : Denys Riout, Michel Enrici, Jacques Leenhardt
Ed. Artothèque de Caen, Fondation Shlumberger,1991

Philippe Borderieux, *Premier retour de Naples*
Texte : Henri-François Debailleux / Ed. Artothèque de Caen, 1993

Fanny Véniard, *Prise de tête*
Ed. Artothèque de Caen, Association Fovéa, 1993

Tristan Jeanne-Valès, L'usine à feu / Texte : Michel Onfray
Ed. Artothèque de Caen, Moulin vieux, 1993

Cathy Bonino & Didier Fayolle, *Présence et disparition*
Texte : Cathy Bonino & Didier Fayolle
Ed. Artothèque d'Anneçy, Théâtre de l'Agora, Evry,1994

Véronique Sablery, *La pesanteur - l'apesanteur*
Texte : Jean-Luc Chalumeau / Ed. Artothèque de Caen, 1994

Olivier Goulet, *381 personnages, 381 lieux & 2 couleurs, journal de la surpopulation*
Texte : Anne Bertrand / Ed. Artothèque de Caen, Atelier V. V. Cigogne, 1995

Glen Baxter / Texte : Jacques Meunier / Ed. Artothèque de Caen, Centre d'Art Contemporain d'Hérouville Saint Clair, 1995

Yves Trémorin, *Monographie*
Texte : Jean-Marc Huitore / Ed. Artothèque de Caen, Joca Séria, 1996

Roland Cognet, *La nature, le monde*
Texte : Annie Chevrefils-Desbiolles / Ed. Artothèque de Caen, Centre d'Art Contemporain de Vassivière, Galerie J. Alyskéwycz, 1996

Didier Ben Loulou
Textes : Jacques Py, Claire Tangy / Ed. Artothèque de Caen, 1996

Bénédicte Hébert, *Vu d'ici*
Textes : Benoît Casas, Bénédicte Hébert / Ed. Artothèque de Caen, 1996

Pierre Bruneau, *Peintures et installations phosphorescentes*
Textes : Marie Perrault, Philippe Piguet, Claire Tangy
Ed. Artothèque de Caen, Centre d'Art Passage, Troyes, 1996

François Dilasser, *Peintures et dessins, 1987 - 1996*
Textes : Benoît Decron, Jean-Pierre Huitorel, Jean-Pierre Le Dantec, Philippe Piguet / Ed. Artothèque de Caen, Musée des Beaux-Arts de Valenciennes, des Sables d'Olonnes, de Saint Lô, Le temps qu'il fait, 1997

Anne Deguelle, *Déduction* / Textes : Liliane Durand-Dessert, Jacques Roubaud, Eric Suchère / Ed. Artothèque de Caen, CAC Rueil-Malmaison, Galerie Municipale E. Manet, Gennevilliers, E.S.A.D. de Reims, 1997

Jérôme François, *Peintures* / Textes : Jérôme François, Philippe Piguet, Ludwig Wittgenstein / Ed. Artothèque de Caen, 1998

Lin Delpierre, *Urbaines*
Texte : Danielle Robert-Guédon / Ed. Artothèque de Caen, Centre d'Art de Tanlay, Artothèque d'Auxerre, Galerie Zéro L'infini, 1998

Jean-François Maurige
Texte : Jean-Marc Huitorel / Ed. Artothèquede Caen, 1998

Mireille Loup / Texte : Paul Ardenne / Ed. Artothèque de Caen, Institut Français d'Athènes, Espace des Arts de Châlon sur Saône, Galerie Les Filles du Calvaire, 1998

Jacques Pasquier, *Catalogue raisonné de l'œuvre gravé, 1957 - 1998*
Texte : Philippe Piguet / Ed. Artothèque de Caen, Musée des beaux-Arts de Caen, 1999

Valérie Belin, *Photographies 1997 - 1998* / Texte : Pierre Watt / Ed. Artothèque de Caen, CAC Vassivière, Prieuré Saint Michel, Galerie Xippas, 1999

Raouf Brahmia
Textes : Luc Lang, Rabia Djelti, Mohamed Médienne / Ed. Artothèque de Caen, 1999

Olivier Mériel, ***Un archipel, les iles Lofoten*** / Texte : Claire Tangy
Ed. Artothèque de Caen, Images en Manœuvres Editions, 1999

Gary Goldstein, ***Peace Talks*** / Texte : Claire Tangy / Ed. Artothèque de Caen, 2000

Bernard Legay, ***Là où j'en suis*** / Textes : Michel Leiris, Extraits de Journal 1922-1989, Patrick Roussel / Ed. Artothèque de Caen, 2000

Christophe Cuzin, ***1990 - 2000***
Ed. Artothèque de Caen, Frac Basse-Normandie, Galerie B Jordan, 2000

Corinne Filippi, ***Photographies*** / Textes : Anne Cauquelin ; Michèle Cohen Hadria / Ed. Artothèque de Caen, Galerie Municipale Edouard Manet, Gennevilliers, 2000

Les artothèques, des outils novateurs au service de l'art et des publiques / Textes : Claire Tangy, Jean-Marie Girault, Guy Amsellem, Elisabeth Gauthier-Desvaux, Michel Onfray, Philippe Piguet, Elisabeth Caillet, Jean-Christophe Vilatte, Pierre-Alain Four / Actes du colloque sur les artothèques - 18 et 19 octobre 2000 / Ed ADRA (association de Recherche et de Développement sur les Artothèques), 2000

Denis Prunier / Texte : Guillaume Pinard / Ed. Artothèque de Caen, 2001

Frédérique Lucien / Textes : Frédéric Valabrègue
Ed. Artothèques de Caen, Angers, Auxerre et Limousin, 2001

Gilgian Gelzer / Texte : Olivier Kaeppelin traduit en anglais par Nathalie Lithwick / Ed. Artothèque de Caen, Ecole des Beaux Arts de Caen, Galerie Bernard Jordan, 2001

Servez-vous ! / Textes : Claire Tangy, Philippe Richard, Justine Schmidt, Marceline Delbecq / Ed. Artothèque de Caen, 2002

Christine Crozat, ***Je touche le temps*** / Textes : Pierre Giquel
Ed. Artothèque de Caen, commission culturelle du barreau de Lyon, galerie Mathieu de Lyon, Artothèque du Limousin, Christine Crozat, 2002

François Daireaux / Texte : Célia Charvet / Ed. Artothèque de Caen, Institut français d'Istanbul, Artothèque du Limousin, 2002

Mâkhi Xenakis
Textes : Marie-Laure Bernadac, Mona Thomas / Ed. Artothèque de Caen, 2002

Daniel Pontoreau
Textes : Ann Hindry, Jean-Marc Bonnet-Bidaud, Luc Lang / Ed. Actes Sud, Artothèque de Caen, le 19 Centre Régional d'art de Montbéliard, Musée de Soissons, centre européen d'actions artistiques contemporaines de Strasbourg, 2002

Maria Chevska, *eh* / texte de Ann Hindry / Co Edition de la Maion de la culture d'Amiens, Maison des Arts de Bayeux, Artothèque de Caen, 2003

Olivier Gourvil / Textes : Marjorie Welish, Jean-Marc Huitorel
Ed. Artothèque de Caen, "Le Quartier" centre d'art contemporain de Quimper, École des beaux-arts de Marseille, 2003

Yvan Le Bozec, *Si j'avais su !* Textes : Jean-Marc Huitorel, Philippe Piguet / Co-édition : Filigranes Editions, Artothèque de Caen, Frac Bourgogne, Frac Bretagne, Frac Pays de Loire, Galerie Polaris, 2004

La peau du chat, Carlota Charmet et les collectionneurs / Textes : Jacques Py, Claire Tangy, Benoît Decron, Émilie Bernard, Richard Leydier / Co-édition Somogy, Artothèque de Caen, Centre d'Art de l'Yonne, Musée de l'Abbaye Sainte-Croixd (Les Sables d'Olonne), 2004

Ce livre est une coédition de la Galerie Duchamp et de l'Artothèque de Caen

La Galerie Duchamp, Centre d'art contemporain de la Ville d'Yvetot, est soutenue par la Ville d'Yvetot, la Direction Régionale des Affaires Culturelles de Haute-Normandie (Ministère de la Culture et de la Communication), la Région Haute-Normandie, le Département de Seine-Maritime.

Galerie Duchamp
7 rue Percée 76190 Yvetot
Tél : 02 35 96 36 90 Fax : 02 32 70 44 71

www.galerie-duchamp.com

L'Artothèque de Caen est soutenue par la Ville de Caen, avec la participation du Conseil général du Calvados et de la Direction Régionale des Affaires Culturelles de Basse-Normandie (Ministère de la Culture et de la Communication).

Artothèque de Caen
Hôtel d'Escoville, Place Saint Pierre, 14000 Caen
Tél : 02 31 85 69 73   Fax : 02 31 86 53 57
artotheque-caen@wanadoo.fr
www.artotheque-caen.net

Impression : Imprimerie Duval
Pont-Audemer
Dépôt légal : novembre 2004

ISBN 2-912922-36-4